Seite 22, Zeile 22

von Janina Schmiedel & Ute-Marion Wilkesmann

Seite 22, Zeile 22

2 Autorinnen, 22 Zitate

von Janina Schmiedel & Ute-Marion Wilkesmann

Bibliografische Information der Deutschen Nationalbibliothek:
Die Deutsche Nationalbibliothek verzeichnet diese Publi-
kation in der Deutschen Nationalbibliografie; detaillierte
bibliografische Daten sind im Internet über dnb.dnb.de
abrufbar.

© 2022 Janina Schmiedel & Ute-Marion Wilkesmann

Herstellung und Verlag:
BoD – Books on Demand, Norderstedt

ISBN: 978-3-7568-6146-0

Inhaltsverzeichnis

Vorwort

Wir sind zwei Frauen aus zwei unterschiedlichen Generationen, die die Liebe zum Schreiben verbindet. Für unser jüngstes Projekt hatten wir folgende Idee: Wir wählten 22 Bücher nach dem Zufallsprinzip. Aus jedem Buch lieferte die 22. Zeile der Seite 22 einen Satzschnipsel, sodass wir 22 Zitate hatten. Wir schrieben nun getrennt voneinander 22 Geschichten, in denen jeweils eins der Zitate vorkommen musste. Außer der von uns festgelegten Reihenfolge trafen wir keine anderen Absprachen. Das Ergebnis halten Sie gerade in den Händen.

Im Text haben wir die entsprechenden Stellen mit Fußnoten markiert. Auf den folgenden Seiten finden Sie die Liste mit den ausgewählten Zitaten und den Quellenangaben.

Wir wünschen viel Spaß beim Lesen!

Wuppertal/Hannover, 22.2.22
Janina Schmiedel & Ute-Marion Wilkesmann

Literaturliste

1. „Nun komm endlich, verdammt noch mal. Runter zum
    Wagen"
    Jonathan Coe: Replay, München: Piper 2000.

2. „But wasn't it Hope[*] who had done the subverting for him –
    by doing the leaving?"
    Philip Roth: Exit Ghost, New York: Vintage International
    2008.

3. „erst recht dazu ermutigt, sich umzubringen."
    Orhan Pamuk: Schnee, München/Wien: Bundeszentrale
    für politische Bildung (Lizenzausgabe des Carl Hanser
    Verlags) 2005.

4. *<eine Abbildung>*[**]
    Dante Alighieri: Die göttliche Komödie, Köln: Parkland
    1995.

5. „Lila will wie immer zu weit gehen, dachte ich."
    Elena Ferrante: Meine geniale Freundin, Frankfurt am
    Main: Suhrkamp 2018.

6. „ihre Zeit mit irrelevanten Fragen."
    Jaron Lanier: Wenn Träume erwachsen werden. Ein Blick
    auf das digitale Zeitalter, Hamburg: Hoffmann und Campe
    2015.

7. „ich war im sechsten Monat schwanger. Es ging mir so
    schlecht."
    Swetlana Alexijewitsch: Tschernobyl. Eine Chronik der
    Zukunft, Berlin: Berliner Taschenbuchverlag 2006.

---

[*]   Hope ist hier ein Name.
[**] In diesem Band befindet sich auf S. 22 eine Abbildung. Wir haben
      uns dafür entschieden, den per Zufall ausgewählten Band trotzdem
      zu verwenden. Es gab keine Vorgabe, wie dies in den Text
      eingebunden werden soll.

8. „die Dächer, war dahin."
   Daniel Kehlmann: Tyll, Reinbek bei Hamburg: Rowohlt
   2017.

9. „herde und die Yakherde mit den beladenen Ochsen ge-"
   Galsan Tschinag: Der blaue Himmel, Frankfurt am Main:
   Suhrkamp 2003.

10. „Hassan, chasing each other between tangles of trees in
    my father's yard"
    Khaled Hosseini: The Kite Runner, London: Bloomsbury
    2003.

11. „great deal older, Nimmo was really only six or seven
    years older."
    Arundhati Roy: The Ministry of Utmost Happiness,
    London: Hamish Hamilton, Druck von Penguin Books
    2017.

12. „– Und jetzt?"
    Navid Kermani: Einbruch der Wirklichkeit. Auf dem
    Flüchtlingstreck durch Europa, München: C. H. Beck 2016.

13. „für andere unsichtbar zu sein – und darauf vorbereitet."
    Elif Shafak: Der Geruch des Paradieses, Zürich/Berlin:
    Kein & Aber 2016.

14. „Jugend. Was wünschen sie auch anderes in diesem Le-"
    Erasmus von Rotterdam: Das Lob der Torheit, Stuttgart:
    Reclam 2004.

15. „Sie bleibt eins vom ersten Tropfen bis zum letzten. Du
    brichst das Siegel, und"
    Georg Büchner: Leonce und Lena, Altenmünster:
    Jazzybee o. J.

16. „GERHARD"
    Robert Gernhardt: Die Toscana-Therapie. Schauspiel in 19
    Bildern. München: Heyne 1998.

17. „alles unterschreiben. Dass du im Westen nur Gutes sagen"
   Walter Kempowski: Ein Kapitel für sich. Die deutsche Chronik VII, München: btb 1999.

18. „mit erhobenen Händen."
   António Lobo Antunes: Das Handbuch der Inquisitoren, München: Luchterhand 1997.

19. „Steinstufen gelangte. Als Zimmerschmuck hing an einem"
   Gustave Flaubert: Madame Bovary, Frankfurt am Main: Insel 1997.

20. „werden."
   Morton Rhue: The Wave. Erläuterungen von Heinz-Günter Böhne, Münster: Aschendorff 1997.

21. *„Message Pending* suddenly flashed up on top of screen."
   Helen Fielding: Bridget Jones's Diary, London u. a.: Picador 1997.

22. „mitnehmen und mich zurücklassen? Bei all unseren Seefahrten"
   Doris Lessing: Anweisung für einen Abstieg zur Hölle, Frankfurt am Main: Fischer/Goverts 1981.

Ute-Marion Wilkesmann

1. Kapitel: Die Großfamilie

Die Nacht war lang gewesen, sie waren erst spät von der Geburtstagsfeier nach Hause zurückgekehrt. Philipp war fasziniert von Corinnas Großfamilie. Zum Geburtstag ihres Großonkels Anton waren fast alle gekommen. Philipp vergaß die genauen Familienverhältnisse regelmäßig wieder. Er kannte die Verwandten als Personen und mit Namen, das reichte.

Corinnas Mutter, Antons Nichte, war schon einige Jahre tot. Sylvia brachte ihren Mann, zwei Kinder und deren Kinder mit, Bernhard war kinderlos, und Werners Frau hatte sich geweigert, mitzukommen. Obwohl der Streit zwischen ihr und Antons Frau schon Jahrzehnte zurücklag und diese gar nicht mehr lebte, war sie nicht bereit, „jemals wieder einen Fuß in das Haus dieser arroganten Schnepfe zu setzen". Werner zuckte mit den Schultern, es war ihm nicht wichtig. Sollte sie doch zu Hause bleiben. Sie war seit fünf Jahren ziemlich durcheinander, und es wäre nur peinlich gewesen, wenn sie ihn begleitet hätte. Werners Tochter Anne kümmerte sich um ihre Mutter. Anne lebte in zweiter Ehe mit Oliver zusammen, so einem Künstlertypen, wie Anton ihn bezeichnete. Mit seinen komischen Bronzefiguren, bei denen die Körperteile völlig falsch angeordnet waren, konnte er Anne und deren Kinder aus erster Ehe kaum ernähren. Deswegen musste Anne ganztags arbeiten. Angeblich kamen ihre Kinder gut mit dem Künstler zurecht. Aber da kann man viel erzählen. Wenn der große Meister überhaupt mal mitkam, konnte er gar nicht schnell genug wieder fahren. Anton hatte sehr wohl mitbekommen, wie Oliver beim vorletzten Geburtstag am liebsten gleich wieder getürmt wäre. Hastig musste die Familie den Kuchen hinunterschlingen. Die Kinder benahmen sich auch unmöglich: Nur das Obst von der Torte picken, nee, wo gab's denn sowas? Anton stand damals gerade in der Küche, um neuen Kaffee aufzusetzen, als er Olivers Stimme hörte: „Nun komm endlich, verdammt noch mal. Runter zum Wagen[*], ich habe noch einen Termin." Einen Termin, was für einen Termin sollte so ein brotloser Typ schon haben?

Philipp verstand sich gut mit Oliver und musste über Anton lächeln, wenn dieser grummelnd abfällige Bemerkungen über den angeheirateten Künstler machte. Da war Frank, der erste Mann von Anne, doch ein ganz anderes Kaliber gewesen. Immer ordentlich und adrett, mit einem guten Job als Filialleiter in einer Supermarktkette. Aber nein, Anne musste piepsempfindlich sein und hatte ihn vor die Tür gesetzt, kaum dass sie erfahren hatte, dass er sie mit einer Azubine betrogen hatte. In ihrem Ehebett. Klassische Geschichte. Anton fand, dass sie da kleinlich war. Hätte sie doch Frank mal verziehen! Anton unterließ es nie, Oliver auf seinen erfolgreichen Vorgänger hinzu-

---

[*] Jonathan Coe: Replay, München: Piper 2000.

weisen. Insoweit verstand Philipp gut, dass Oliver nicht so erpicht darauf war, viel Zeit in Antons Anwesenheit zu verbringen. Er selbst hatte Frank nur einmal gesehen. Beeindruckt war er nicht.

Corinna saß müde neben Philipp. Die erste halbe Stunde war sie gefahren, aber dann hatte sie Angst, am Steuer einzuschlafen.

„Anton ist irgendwie ein uriger Typ. Er hatte nur Söhne, vielleicht hat er Anne deshalb zu einer Art Wahltochter erkoren. Sie hatte es sicher nicht immer einfach. Aber er ist auch stets interessiert daran, was ich so mache. Und dich mag er auch." Sie lächelte Philipp an. Er drehte kurz den Kopf in ihre Richtung:

„Eure Familienkonstellation ist einfach faszinierend. Ich bin Einzelkind, meine Eltern sind vor einigen Jahren bei einem Seilbahnunglück ums Leben gekommen. Von meinen Verwandten leben nur noch ganz wenige, weit entfernt im Verwandtschaftsgrad und von der Entfernung her. Daher genieße ich diese Geburtstage, auch wenn einige Verwandte ein bisschen verschroben sind."

Corinna gähnte. „Sorry, ich bin dermaßen müde. Ich kann dir versprechen, dass es bei Antons nächstem runden Geburtstag noch viel lebhafter sein wird. Dann kommen nämlich wirklich alle, auch die Cousinen und Cousins dritten und vierten Grades. Familiensinn haben sie alle mitbekommen."

Sie schaute zum Fenster hinaus.

„Sag mal, Phil, hast du nicht vor einiger Zeit erzählt, irgendwelche deiner Verwandten lebten auf Usedom?" – „Ja, schon, aber da ist seit vielen Jahren der Kontakt abgebrochen." – „Ach, komm, wir können doch im Osterurlaub mal nach Usedom fahren. Ich bin sicher, die Tante Frieda, so hieß sie doch, oder? Also, die wird sich total freuen, wenn wir sie überraschend besuchen. Und an die Ostseeküste wollte ich immer schon mal." – „Tante Frieda ist nicht wirklich meine Tante. Sie war die Haushaltshilfe von Walter, einem entfernten Cousin. Er hat ihr das Häuschen auf Usedom vermacht, aber von mir will sie nichts wissen. Nur weil ich als kleiner Junge mal vorlaut gesagt habe, sie sei ja nur auf das Erbe aus, und weil ich viele Jahre überzeugt war, dass sie Onkel Walter was in den Kakao gemischt hatte. Da weiß ich nicht, ob sie sich freut."

Philipp hatte über diese Worte nicht gemerkt, dass Corinna längst eingeschlafen war. Zu Hause angekommen, weckte er sie vorsichtig. Die Fahrt durch die Nacht war anstrengend gewesen.

„Ich geh direkt ins Bett, ich kann die Augen nicht mehr offenhalten."

Philipp war müde, aber von der Fahrerei überdreht. Er holte ein altes Fotoalbum hervor, das seine Eltern ihm hinterlassen hatten. Er sah sich die Fotos von Onkel Walter an. Auf einem war Frieda zu sehen, Sie trug gerade den Kuchen auf und guckte finster in die Kamera. Teuflisch irgendwie.

2. Kapitel: Friedas Besuch

Carla hatte ihren Kopf tief über das Heft gebeugt. Ab und an hob sie ihren Blick. Warum musste sie diese blöden Hausaufgaben machen? Sie hasste Englisch. Mathe und Physik waren ihre Lieblingsfächer. Aber Englisch? Begriffen die Erwachsenen einfach nicht, dass sie für Fremdsprachen null Begabung hatte? Diese blöden Argumente: „Was immer du mal beruflich machen willst, an Englisch kommst du nicht vorbei!" Deswegen hatte ihre Mutter sie auch zu diesem Spezialkurs verdonnert. In sechs Jahren hätte sie es endlich hinter sich. In Mathe brachte sie nur beste Noten heim, das machte richtig Spaß. Über einer schwierigen Aufgabe konnte sie einen ganzen Nachmittag sitzen, das wurde nie langweilig. Aber Englisch? Mehr als fünf Minuten waren schon eine Qual.

Tante Frieda saß auf der Veranda, Carla konnte aus dem Fenster ihre Füße auf der Liege sehen. Vorhin war ihr die Illustrierte aus der Hand gerutscht, da musste Carla lachen – eingeschlafen, ganz klar. Ihre Mutter schickte Carla, seitdem sie aufs Gymnasium ging, nachmittags immer zu Tante Frieda. Ein Abkommen, mit dem alle drei zufrieden waren. Tante Frieda war total süß, und Carla war es wichtig, dass ihre Mutter sich nicht neben der anstrengenden Arbeit auch noch darum sorgen musste, ob sie jetzt ihre Schularbeiten ordentlich machte oder nicht. Helfen konnten ihr beide jetzt nicht mehr. Der

Stoff war ihnen zu fremd. Tante Frieda hatte eh nur einen Realschulabschluss.

Heute war ein aufregender Tag. Irgend so ein Verwandter von Friedas totem Ehemann wollte zu Besuch kommen. Sie und dieser Besucher hatten sich wohl nicht so gut leiden können, aber Tante Frieda hatte gesagt, der Typ hätte kaum Verwandte und wollte mal schauen, was er in diese Richtung noch mobilisieren könne. Vermutlich wolle er sich einschleimen, um was zu erben. Da hatte Carla gelacht. Es war lustig, auf welch irrwitzige Ideen ihre Tante manchmal kam. Seit vielen Jahren kümmerte Frieda sich um Carla und ihre Mutter Orlanda. Warum? Ihre Mutter wusste es angeblich auch nicht. Und ihr Vater? Carla schaute auf den Strand, wo sie häufig Familien beobachtete, die gemeinsam ihren Urlaub verbrachten. Einen Vater hatte sie nicht. Na, das ist halt modern.

Hoffentlich erwartete dieser Besuch nicht, dass sie ihn Onkel Philipp nannte. Das war so dermaßen von gestern! Vielleicht konnte er Englisch und ihr bei der schrecklichen Aufgabe helfen. Die neue Englischlehrerin hatte einen langen Vortrag darüber gehalten, dass man Vokabeln angeblich viel besser im Kontext lernt als Wort für Wort. Da war diese Lehrerin Carla gleich unsympathisch. Vokabeln lernen konnte sie nämlich. Das ging prima gezielt für die nächste Klassenarbeit. Und dann diese Aufgabe heute:

Mache dir die Bedeutung des Verbs ‚to subvert‘ anhand der folgenden vier Beispiele klar. Dann erstelle selbst zu jedem Beispiel einen eigenen Satz.

Wenn sie die Sätze verstehen würde ... Erst einmal suchte sie im Internet nach Übersetzungen.

(1) This way, no devices or setuid programs on the NFS server can **subvert** security measures on the NFS client: Mit diesen Optionen können keine Geräte oder setuid Programme auf dem NFS Server Sicherheitsmaßnahmen auf dem NFS Klient untergraben.

(2) ... and put an end to its obsession with arresting, punishing and convicting Chinese men and women accused of an offence as difficult to justify as incitement to **subvert** state power: ... und Schluss machen mit der Obsession, chinesische Männer und Frauen zu verhaften, zu bestrafen und zu verurteilen, die einer schwer zu begründenden Straftat wie der Anstiftung zur Untergrabung der Staatsmacht bezichtigt werden.

(3) But wasn't it Hope who had done the **subverting** for him – by doing the leaving?[*]: Aber war es nicht die Hoffnung, die ihn unterwandert hatte?

(4) ... this is a cliche that Com&Com nourishes by continually presenting themselves in new roles, while simultaneously **subverting** the seriousness and moral valuation of the topos, eventually leading to statements that completely debunk it: ... ist ein Klischee, dem Com&Com eifrig Nahrung gibt, indem sie sich unablässig in neuen Rollen inszenieren, um die Ernsthaftigkeit und moralische Wertung des Topos gleichzeitig zu unterwandern und nicht zuletzt zur genau gegenteiligen Aussage zu führen.

Um kurz vor drei Uhr quälte sich Tante Frieda von ihrem Sonnenstuhl hoch und rief: „Carla, komm, wir wollen den Tisch für den Besuch decken.“

---

[*] Philip Roth: Exit Ghost, New York: Vintage International 2008.

Nur zu gern ließ Carla den Stift fallen. Auch wenn ihre Tante ständig über diesen Philipp meckerte, wollte sie ihn wohl doch beeindrucken. Warum sonst hätte sie sich in ihre Sonntagsklamotten geworfen und Carla gebeten, sich ‚was Nettes' anzuziehen. Was Tanten so nett finden ... Sie hatten sich schließlich auf eine gut erhaltene Jeans und ein T-Shirt ohne Aufdruck wie *Fuck your teachers* einigen können.

Orlanda arbeitete bei einer Cateringfirma, die vor allem für gehobene Ansprüche bestellt wurde. Deshalb war sie geübt bei der Gestaltung von Tischdekoration, was sich ihre Tochter eifrig abgeguckt hatte. Während Tante Frieda die beiden Kuchen in der Küche vorschnitt, nahm Carla das gute Kaffeeservice aus dem Wohnzimmerschrank, faltete Schwäne aus den Servietten und füllte zwei kleine Vasen mit Wildblumen aus dem Garten.

Derweil versuchte Carla, die Tante erneut nach dem geheimnisvollen Philipp auszufragen. Die Antworten waren wie stets recht einsilbig: Alter so Mitte oder Ende zwanzig, ihres Wissens unverheiratet, Beruf keine Ahnung. Als sie ihn das letzte Mal gesehen hatte, studierte er. Ja, was war das noch? Geschichte oder Anglistik, oder war's BWL? Chemie sicher nicht. Aber ein oder zwei Semester hatte er in England verbracht. „Aha", dachte Carla. Wenn er nicht ganz scheußlich wäre, würde er ihr sicher gern bei den Hausarbeiten helfen.

Carla rechnete sich den Altersunterschied aus. Sie checkte derzeit alle jungen Männer auf Heiratsfähigkeit.

Also, der Unterschied zwischen ihr und diesem Philipp war schon sehr groß. So ein alter Mann. Wenn sie mündig wäre, dann wäre er etwa Anfang dreißig. Mit ein bisschen Glück dennoch ganz passabel. Und wenn er noch älter würde, könnte sie ihn ja wieder verlassen und mit dem aus der Scheidung gewonnen Geld eine Karriere als Schauspielerin beginnen. Oder während der Ehe Architektur studieren und mit dem Geld ein eigenes Büro eröffnen.

Die Markise warf einen angenehmen Schatten auf den gedeckten Tisch, die Kuchen standen in der Mitte.

Carla überlegte laut: „Sollten wir nicht lieber warten, bis der Besuch da ist? Nachher wird der Kuchen noch warm und zerfließt in der Hitze." – „Wer nicht pünktlich kommt, muss eben Matschkuchen essen", war Friedas kurze Antwort.

Carla kicherte. Das war so typisch! Der gedeckte Apfelkuchen würde sicher keinen Schaden nehmen, aber so eine Buttercremetorte vielleicht, selbst wenn sie auf einem Kühlaggregat stand.

Um halb vier schaute Frieda auf ihre Armbanduhr, eine Funkuhr. „Genau fünfzehn Uhr dreißig. Wo ist der junge Mann denn? Spätestens in einer Viertelstunde räumen wir ab!"

Carla, die keine Buttercremetorte mochte, sah den Vorteil dieses Vorhabens: Wenn der Gast nichts vom Apfelkuchen essen würde, bliebe umso mehr für sie.

Nach weiteren fünf Minuten klingelte es. Da Tante Frieda etwas Mühe beim Aufstehen hatte, lief Carla flugs zur Tür und drückte auf den Knopf zur Entriegelung des Gartentörchens. Frieda, die ihr hinterhergekommen war, schob sie zur Seite, sodass das junge Mädchen nicht einmal mehr durch die Milchglasscheibe gucken konnte. Es klingelte erneut an der Haustür, und Frieda öffnete. Auf der Türschwelle stand ein junger Mann. Er lächelte und überreichte Frieda einen riesigen Blumenstrauß.

Carla war sprachlos. Das war ihr Traummann, keine Frage. Sie musste nachher unbedingt unauffällig auf seine Hand achten, um zu sehen, ob er verheiratet war. Philipp war mittelgroß mit sportlicher Figur, dunkelhaarig, sehr dunkelhaarig. Vermutlich hatte er daher ab Mittag stets einen dunklen Schatten auf den Wangen, träume sie. Als er Carla begrüßte, wären ihr fast die Knie weggesackt. Er sah sie direkt an, mit diesen wunderschönen smaragdgrünen Augen und lächelte. Gott, was für ein Lächeln, was für ein Händedruck! Und diese coolen Klamotten. Sie bemerkte, wie die Tante ihren Traumprinzen von oben bis unten musterte.

„Tag, Philipp. Das ist Carla. Der Tisch ist gedeckt."

Carla hätte sich ausschütten können über diese knappen Ausführungen. Die Tante war definitiv keine Plaudertasche.

Philipp war neugierig, fragte aber nicht. Wer war diese Carla? Er konnte sich kaum vorstellen, dass die schroffe Frieda aus lauter Gutherzigkeit ein Kind beaufsichtigen würde. Genauso gut, wie sie Walter nicht aus lauter Menschenfreundlichkeit erst gepflegt und dann geheiratet hatte.

Am Kaffeetisch lobte Philipp den Apfelkuchen. Aber die Buttercreme lehnte er dankend ab: „Die ist bestimmt lecker, aber ich mag einfach keine Buttercreme. Lieber nehme ich, wenn ich darf, noch ein Stück vom Apfelkuchen, der ist einfach himmlisch."

Carla fühlte sich bestätigt. Keine Buttercremetorte! Die Unterhaltung lief schleppend, Frieda war noch einsilbiger als sonst. „Warum kommst du jetzt?", wollte sie wissen.

Philipp stutzte. „Nun, äh, ich werde in drei Monaten heiraten. Wir wollen dann hier auf der Insel unsere Flitterwochen verbringen. Ich habe Corinna von meinen Ferien bei Onkel Walter vorgeschwärmt und wie idyllisch es hier ist, da hat sie das selbst vorgeschlagen. Und es wäre ja blöde, wir laufen uns dann zufällig über den Weg und wissen nicht, wohin gucken."

Carla sackte das Herz drei Meter in die Tiefe. Sie gab sich größte Mühe, sich nichts anmerken zu lassen. In drei Monaten heiraten! Sie musste das verhindern. Wenn sie wenigstens schon sechzehn wäre! Dann könnte sie noch was versuchen. Aber bei aller Schwärmerei war ihr schon klar, dass Philipp nicht eine Frau für ein pubertierendes Mädel aufgeben und auf sie warten würde.

Frieda kniff den Mund zusammen. Philipp war etwas hilflos und wandte sich an Carla: „Und was machst du so? Schon ein Studienziel vor Augen?"

Carla zuckte mit den Schultern. „Weiß noch nicht so richtig. Mathe mag ich gern und Physik und so. Aber keine Ahnung, ob das für ein Studium reichen wird." – „Sprachen sind nicht so deins?" – „Nee, Englisch ist echt der Horror." Philipp lächelte.

„Zum Beispiel heute, da haben wir eine so blöde Aufgabe bekommen, das glaubst du nicht!" Höflich erkundigte sich ihr Schwarm, was für eine Aufgabe das denn sei.

„Wenn du nichts dagegen hast, zeige ich sie dir mal. Ist schwer zu beschreiben." Sie lief zu ihrem Schreibtisch, nahm das Blatt mit der Aufgabe und drückte es Philipp in die Hand. Er schaute auf das Papier, las sich die Texte und die Übersetzungen durch, runzelte die Stirn und lachte.

„Is' was?" – „Wie man's nimmt. Schau mal hier im dritten Beispiel, da hast du ja eine Superübersetzung erwischt." Carla schaute ihn fragend an.

„Na, das Wort ‚Hope' ist im Original großgeschrieben, also offensichtlich ein Name. Und das wurde einfach als ‚Hoffnung' übersetzt. Damit wird natürlich der ganze Sinn verdreht. *But wasn't it Hope who had done the subverting for him – by doing the leaving* heißt doch nicht, wie hier steht: *Aber war es nicht die Hoffnung, die ihn unterwandert hatte?*" – „Sondern?" – „Eher so etwas wie, also ohne Zusammenhang ist das schwierig. *War es nicht Hope, der* – könnte auch eine die sein, weiß ich nicht – *für ihn das Unterwandern übernommen hatte – indem er das Verlassen übernahm.*"

Carla nickte.

„Und hier im ersten Beispiel, nicht mal richtig geschrieben: *NFS Klient* statt korrekt *NFS-Klient* bzw. *NFS-Client*. In der IT spricht man auch im Deutschen von einem Client. Das hätte die Lehrerin aber sehen und korrigieren sollen." Er schüttelte den Kopf: „Lehrer sind wohl heute auch nicht besser als früher!"

Womit er Carla endgültig zu einem glühenden Fan seiner Person gemacht hatte. Sie nickte freudig.

„Wie wär's, Carla, wir bilden die gesuchten Sätze jetzt mal zusammen?" Er dachte: „Für irgendetwas muss mein Besuch ja gut sein." Gesagt, getan. Carla strahlte ihn an und bedankte sich.

Schließlich war es Zeit für Philipp, zu gehen. Er verabschiedete sich höflich von Frieda und Carla.

„Ich hoffe doch sehr, Carla, dass wir uns mal wieder treffen und über Lehrer herziehen." Er zwinkerte ihr zu. „Sicher klappt das, wenn Corinna und ich im Herbst hier sind!" Carla lächelte, sie war sehr gut im Verbergen ihrer Gefühle. „Das wäre echt toll!"

3. Kapitel: Die Schwangerschaft

Corinna strich sich über den Bauch, der bereits ein wenig gewölbt war. Diese Bewegung mit den Händen hatte sie in so vielen Filmen gesehen, dass sie sie schon automatisch übernahm. In solchen Momenten überkam sie ein großes Gefühl. Nach etwas über zwei Jahren Ehe waren Philipp und sie zu dem Entschluss gekommen, dass jetzt ein guter Zeitpunkt für das erste Kind sei. Philipp saß beruflich fest im Sattel, die Stelle als Laborleiter ließ mit ein wenig planerischem Geschick durchaus Homeoffice zu. Sie, frisch verbeamtet, konnte nun Elternzeit nehmen, bis ihr Kind das dritte Lebensjahr vollendet hatte, ohne dass sie das Recht auf ihre Stelle verlor. Worauf warten? Er würde ein junger Vater sein, sie war 31 Jahre alt, genau das richtige Alter für das erste Kind.

Wie würde Carla das aufnehmen? Die Frage stellte sich Corinna, sobald ihre Gynäkologin ihr die freudige Mitteilung gemacht hatte, dass sie in der siebten Woche schwanger war. Philipp hatte so etwas wie eine Patenschaft für Carla übernommen, nachdem er damals vor ihrer Hochzeitsreise nach Usedom zu Frieda gefahren war. Während dieser Reise hatte sie selbst Carla auch kennengelernt. Auf Anhieb machte sie den Eindruck eines aufgeweckten, sympathischen Mädchens. Erst später war ihr aufgefallen, dass Carla Philipp anhimmelte. Das Mädchen versuchte, es zu verbergen, aber Corinna war eine gute Beobachterin. In dem Alter passiert so etwas, es gehört zum Leben vieler junger Frauen. Hatte sie selbst nicht damals für den Englischreferendar geschwärmt? Auch wenn die Liebe nicht erwidert wird, so hinterlässt das keinen Schaden. Es ist nicht mehr als eine Übung im Erwachsenwerden. Ihr war zwar klar, dass eine männliche Abfuhr gefährdete Mädchen erst recht dazu ermutigt, sich umzubringen.[*] Corinna hielt Carla aber keineswegs für gefährdet. Deshalb suchte sie das Gespräch mit Philipp. Denn ihr war aufgefallen, dass Carla sich ihr gegenüber inzwischen ablehnend verhielt und, wenn sie allein waren, manchmal gehässig sein oder eine abfällige Bemerkung machen konnte.

Philipp hielt das alles für eine harmlose Schwärmerei. „Das wächst sich aus. Warte nur, bis die Kleine einen Verehrer aus ihrem Umfeld und in ihrer Altersklasse hat. Dass sie dich ablehnt, passt ins Bild. Möglicherweise bewertest du ihre kleinen Bemerkungen zu negativ."

Philipp und Carla pflegten trotz der Entfernung einen guten Kontakt. Sie schrieben sich regelmäßig E-Mails und tauschten gelegentlich Neuigkeiten über Messengerdienste aus. Wenn Carla Probleme in Englisch hatte, skypten sie. In den Sommerferien nach der Hochzeit hatte er das Mädchen nach Essen eingeladen. Das hatte Corinna gereicht. Da Philipp seine Nennpatennichte stets verteidigte und ihre Angriffe herunterspielte, sagte sie nicht viel, versuchte jedoch, weitere Besuche zu unterbinden.

---

[*]   Orhan Pamuk: Schnee, München/Wien: Bundeszentrale für politische Bildung (Lizenzausgabe des Carl Hanser Verlags) 2005.

Sie konnte sich sehr gut vorstellen, wie es auf Carla gewirkt hatte, als sie von der Schwangerschaft erfuhr.

„Sie war echt begeistert", erzählte Philipp. „Sie besteht darauf, Patentante zu werden. Und alt genug dafür ist sie."

Carla war sicher alt genug, um eine Patenschaft zu übernehmen. Dennoch hatte Corinna kein gutes Gefühl bei dem Gedanken. Da sie es nicht sachlich begründen konnte, schwieg sie. Bloß keine hysterischen hormonbedingten Gefühlsausbrüche, das hatte sie sich geschworen.

Philipp hatte ihr gestern Abend berichtet, dass Carla sich entschieden habe, nach dem Abitur in Essen Technomathematik zu studieren. In Essen natürlich, wo sonst? Corinna verzog missmutig ihr Gesicht.

„Was ist denn, Corinna? Das ist doch auch für uns praktisch. Sie wird dann sicher gern mal das Babysitten übernehmen. Sie hat schon sowas angedeutet und gesagt, wie sehr sie sich mit uns freut! Ich dachte, sie könnte vielleicht sogar die ersten Wochen, bis sie eine Bleibe gefunden hat, bei uns in die Einliegerwohnung ziehen. Die steht doch zurzeit sowieso leer." – „Ach es ist nichts. Ich habe wohl was Falsches gegessen. Und ja, ist es sicher hilfreich, wenn sie in der Nähe wohnt. Aber die Einliegerwohnung, wer weiß, wie lange sie da bleibt. Und gerade jetzt, wo unser Einkommen etwas geringer wird und die Ausgaben steigen, bin ich nicht sicher, ob wir uns das finanziell leisten können." – „Manno,

Corinna, mach doch keine Probleme, wo keine sind. Wer will schon mit achtzehn Jahren dauerhaft unter dem scharfen Auge seiner Wahlverwandtschaft wohnen?"

Corinna konnte sich gut vorstellen, wie eine junge Frau mit unschuldigem Augenaufschlag um Philipp herumscharwenzelte. Stetig gut gelaunt und fein herausgeputzt, während sie selbst mitgenommen von der Geburt und den schlaflosen Nächten optisch nicht gerade ihr Bestes geben könnte. Sie wusste aus ihrem Familienkreis, dass die Frauen nach der Geburt meist zwei Jahre brauchten, um wieder vorzeigbar zu sein. Sie sprach mit ihrer Freundin Steffi über ihre Befürchtungen, aber die wiegelte das ab. Erstens seien viele Frauen schon deutlich früher wieder in der ,alten Form'. Außerdem sei doch Philipp nicht so ein Mann, der sie nur wegen ihres Äußeren liebe. Das sei doch wohl offensichtlich.

„Ich beobachte jedes Mal, wie verliebt er dich ansieht, gerade jetzt in der Schwangerschaft. Warum sollte sich das durch eine Studentin im Haus ändern? Und was ist das überhaupt für ein Rückfall in den Präfeminismus? Dir mangelt es doch sonst nicht so an Selbstbewusstsein." Und so weiter ...

Corinna runzelte die Stirn: „Vielleicht hast du ja recht. Ich habe nur immer so ein komisches Gefühl, wenn Carla hier ist. Ich spüre deutlich, dass sie mich nicht mag. Anfangs habe ich mir viel Mühe mit ihr gegeben, aber wann immer wir allein waren, gab sie sich feindselig und abweisend. Sehr raffiniert für das Alter. Du kannst nie deinen Finger drauflegen, was wirklich daneben ist. Aber du hast schon recht. Es ist Unsinn, an Philipp zu zweifeln. Auch wenn er in Sachen Carla irgendwie taube Ohren hat, heißt das nichts für unsere Beziehung. Aber ich wette mit dir: Wenn die sich einmal hier eingenistet hat, zieht sie nicht freiwillig wieder aus. Sie wird ganz eifrig tun und hilfsbereit, aber mich und auch das Baby hassen." – „Meinst du nicht, ‚hassen' ist ein bisschen übertrieben? Das wird schon klappen, sie hat ja ihre eigene Wohnung und während ihrer Urlaube hat sie sich doch auch nicht wie eine Klette an euch gehängt, oder?"

Corinna schüttelte den Kopf. „Nein, das nicht ... Es ist mehr so ein Gefühl." Sie schwiegen eine Weile, und Steffi nahm ihre Freundin in den Arm.

„Gut. Da du meistens recht hast", meinte Corinna lächelnd, „werde ich Philipp sagen, dass es okay ist. Rausschmeißen kann ich sie immer noch, falls sie sich danebenbenimmt. Und wenn es heißt: Carla oder ich, weiß ich hundert Prozent, wie Philipp sich entscheiden wird."

Steffi ergänzte: „Außerdem bin ich ja auch noch da! Wenn das Gör zu frech wird, keine Sorge, damit werde ich fertig. Als Lehrerin in einer Berufsschule habe ich häufiger Problemfälle unter den postpubertären Schülern."

Corinna nickte. Dann musste Steffi los, sie verabredeten sich für die kommende Woche.

4. Kapitel: Carlas Wohnung

Philipp rief nach Carla, nur zur Sicherheit. Sie hatte sich vor einer Stunde verabschiedet, weil irgendeine Prüfung anstand. Aber Vorsicht kann nie schaden.

Keine Antwort. Er nahm den Schlüssel für die Einliegerwohnung aus dem Schlüsselschränkchen. Er war bisher nie unangemeldet in ihre Wohnung gegangen, umgekehrt war das durchaus der Fall. Corinna hatte ihn sofort gewarnt: „Gleiches Recht für alle!" Aber Carla war so freundlich und hilfsbereit, wie hätte er sie da anherrschen sollen: „Klingel wenigstens, bevor du reinkommst!"? Als Corinna Carla vorwarf, dass sie ab und an wie ein Geist plötzlich in der Wohnung stehe, stritt Carla das ab: „Tut mir leid, ich wollte euch wirklich nicht erschrecken. Ich habe geklopft, ehrlich! Vielleicht nur nicht laut genug."

Philipp schloss die Tür zu Carlas Wohnung auf. Es war ordentlich und sauber wie immer. Also räumte sie nicht nur auf, wenn ihre ‚Vermieter' ihr einen Besuch abstatteten. Er betrat das kleine Schlafzimmer, das ebenfalls vorbildlich aufgeräumt war. Er schüttelte den Kopf. Das war sehr untypisch für junge Frauen – so hatte er es jedenfalls im Bekanntenkreis gehört –, dass sie nicht mal ein Oberteil oder eine Hose herumliegen ließen. Aber nein, bei Carla war alles am Platz. Wenn sie in allem so absolut ordentlich war, würde die Erledigung seiner selbstgestellten Aufgabe schwierig werden. Er horchte. Waren da Schritte? Nein, nur sein eigenes Herzklopfen.

Sein Benehmen kam ihm plötzlich albern vor. „Wie in einem billigen Thriller", dachte er.

Er öffnete die Tür zu dem kleinen Badezimmer. Es bot nur Platz für eine schmale Dusche, ein Waschbecken und eine Toilette. Ein Außenfenster hatte der Raum nicht. Über der Toilette hing ein Quarzwandheizstrahler für kalte Wintertage. Auf der Ablage über dem Waschbecken lagen ordentlich nebeneinander ein Kamm, eine Bürste und ein Lippenstift. Die Zahnbürste steckte in einem einfachen Kunststoffbecher, zusammen mit der Zahnpastatube. Philipp hob Kamm und Bürste hoch und war enttäuscht: Sie waren sauber. Das hatte er mittlerweile schon befürchtet. Der kleine Abfalleimer unter dem Becken war erwartungsgemäß leer.

Ihm blieb noch eine Hoffnung. Es fiel ihm schwer, die Privatsphäre eines anderen Menschen so stark zu verletzen, aber er sah keinen anderen Weg. Er öffnete den Kleiderschrank und blickte auf ordentlich gefaltete Oberteile. Auf der rechten Seite hingen ein paar größere Kleidungsstücke: Ein Wintermantel, zwei Sommerkleider und drei Pullover, von denen zwei noch im Plastiküberwurf der Reinigung steckten. Der dritte Pullover war aus weichem Garn, Philipp hatte ihn gestern noch an Carla gesehen. „Waldgrün", hatte sie stolz berichtet, „genau wie meine Augen." Den bedeutungsvollen Blick, den sie ihm dabei zuwarf, hatte er bewusst ignoriert. Er nahm den Pullover mit dem Bügel aus dem Schrank, ging zum Fenster und inspizierte das Kleidungsstück sorgfältig.

Glück gehabt, vom Rückenteil konnte er drei Haare abnehmen. Er steckte diese in eine kleine Plastiktüte, verschloss sie und schob sie in seine Hosentasche. Dann hängte er den Pullover vorsichtig zurück, zog den Schrank zu und schaute sich um. Er hatte keine Spuren hinterlassen.

Philipp schloss die Wohnungstür hinter sich ab, ging den Weg zum Garten und auf den Haupteingang zu. Er war keine fünf Schritte von der Eingangstür entfernt, als Carla vor ihm auftauchte.

„Philipp! Warst du bei mir? Ich hatte dir doch gesagt, dass ich weggehe." Sie musterte ihn leicht misstrauisch.

Philipp überlegte einige Nanosekunden. „Ja, ich habe geschellt. Ich war im Garten und dachte, ich hätte Geräusche aus deiner Wohnung gehört. Da bin ich hin und habe geklingelt. Und dann zischte die Katze von Koslowski hinter einem Busch hervor. Da war mir klar, woher die Geräusche kamen. Ich wollte gerade zurückgehen. Wieso bist du denn schon wieder hier?" – „Bin als erste drangekommen, war ja eine mündliche Prüfung." – „Und wie ist es gelaufen?"

Carla zuckte die Schultern. „Keine Ahnung, ich wollte nicht so lange warten. Bestanden habe ich auf jeden Fall, die Ergebnisse kann ich später online sehen. Soll ich rüberkommen und was für dich kochen?" – „Nee, danke, keinen Hunger." – „Aber Philipp, du musst was essen! Du siehst schon richtig hager aus, du hast bestimmt zehn Kilo abgenommen. Du musst dich doch für Lila zusam-

31

menreißen!" – „Danke für deine Fürsorge, Carla. Ich hole sie jetzt aus der Kita, bringe sie zu ihrer Freundin Celeste, und dann fahre ich für ein paar Tage ins Blaue." – „Ich könnte doch mitkommen. Ein bisschen Erholung könnte ich auch gebrauchen. Und Lila würde sich über meine Gesellschaft freuen! Dann musst du sie nicht bei ihrer Freundin lassen."

Philipp und Corinna hatten am Anfang mehrmals versucht, Carla dieses blöde ‚Lila' als Kosenamen für Liliane abzugewöhnen. Aber Carla hatte dann immer auf ein Buch verwiesen, in dem eine der Protagonistinnen Lila hieß. Das habe so etwas von Fröhlichkeit, Heiterkeit und Frühling. Irgendwann hatten sie aufgegeben.

„Und deine restlichen Prüfungen?" – „Ach, dann nehme ich einfach den Nachprüfungstermin wahr." – „Nee, nee, lass mal. So ein bisschen Quality-Time mit ihrer Freundin wird Lili guttun."

Carla ließ sich keine Enttäuschung anmerken.

„Es wäre wirklich gut, wenn du mal aus der Trauerstimmung herauskommst. Mehr als sechs Monate ist das her, dass Corinna ..." Sie sprach nicht weiter, schaute traurig auf den Boden und drückte sich ein Taschentuch gegen die Augen.

„Du weißt, Philipp, ich bin immer für dich da. Und wenn du denkst, Lila braucht mal ein wenig Ruhe von der Kita, ich kann mein Studium locker ein oder zwei Semester unterbrechen, damit ich mich um sie kümmern kann.

Dann hast du Zeit, mal durch Corinnas Sachen zu gehen und auszusortieren oder zu verschenken."

Als sie Philipps Blick sah, biss sie sich auf die Unterlippe. War sie zu forsch gewesen?

„Tut mir leid, ich meine es wirklich gut mit dir!" – „Ich weiß, wenn ich deine Hilfe brauche, sage ich Bescheid."

Corinna war jetzt schon über sechs Monate tot. Ihm kam es immer noch vor wie gestern. Er war in eine merkwürdige Welt ohne feste Konturen gedriftet. Wochenlang war er wie gelähmt gewesen. Schwanger im dritten Monat mit ihrem zweiten Kind war sie von der obersten Stufe die steile Kellertreppe hinab- und mit dem Kopf auf den Steinboden gestürzt. Sie war sofort tot. Da er seine Frau erst Stunden später gefunden hatte, war auch das Baby nicht mehr zu retten gewesen.

War sie doch wieder zu leichtsinnig gewesen und hatte sich nicht, wie er ihr dauernd gesagt hatte, mit einer Hand am Geländer festgehalten? Bei so einem Fall kam die Polizei ins Haus, das war so demütigend. Carla hatte mit rotgerändterten Augen dagesessen und ständig wiederholt: „Es ist alles meine Schuld! Wäre ich doch bei ihr geblieben, statt mit Lila Eis essen und auf die Kirmes zu gehen!" Alle sprachen ihr gut zu und sagten ihr, sie treffe keine Schuld.

Philipp betrat sein Haus und starrte wie so oft die Kellertreppe hinunter. Zurück im Wohnzimmer setzte er sich aufs Sofa und nahm das Hochzeitsalbum in die

Hand. Die meisten ihrer Fotos bewahrten sie digital auf, aber es war Corinnas Wunsch gewesen, dieses große Ereignis auch herkömmlich zu dokumentieren. War das die richtige Trauerarbeit, oder sollte er besser das Album für mehrere Jahre verbannen?

Corinna hatte das Album sorgfältig erstellt, die Seiten nummeriert, kurze Kommentare mit Schönschrift neben die Fotos geschrieben. Er hätte sich lieber auf die digitalen Bilder beschränkt, aber wenn das für sie wichtig war, warum sich dagegen wehren? Und jetzt war er froh, dass dieses Album existierte. Er schlug Seite 22 auf. Dieses Bild[*] war sein Lieblingsfoto. Arm in Arm standen sie vor dem Standesamt, Corinna mit einem Strauß in der Hand, und sie beide lächelten glücklich. Mittlerweile erschien ihm das Lächeln natürlich, aber damals hatten sie dieses „Bitte lächelt doch mal!" für all die Fotos gequält umzusetzen versucht und sich immer wieder zu einem Lächeln gezwungen.

Er packte ein paar Sachen in eine Reisetasche, steckte nach kurzem Überlegen auch das Album mit ein. Ganz unten hatte er die kleine Plastiktüte mit Carlas Haaren verstaut. Philipp stellte die Tasche neben Lilis Kindersitz ins Auto. Er holte die Kleine von der Kita ab und brachte sie zu ihrer Freundin Celeste, deren Eltern sich bereit erklärt hatten, ein paar Tage auf sie aufzupassen. Carla hätte Lili gern genommen, aber das ging nun mal wegen

---

[*]   Dante Alighieri: Die göttliche Komödie, Köln: Parkland 1995.

der Prüfungen nicht. Und er hätte es auch nicht gewollt. Auf der Fahrt erzählte ihm Liliane aufgeregt die Ereignisse des Tages. Er sah in den Rückspiegel. Seine Tochter freute sich auf den Besuch, aber als er sie an der Tür absetzte, sah sie aus, als wollte sie doch weinen. Bevor die ersten Tränen kullern konnten, drückte Philipp sie fest an sich: „Ich bin bald wieder zurück, und du wirst eine schöne Zeit haben!" Ihm fiel die Trennung auch nicht leicht, aber die Reise war einfacher ohne sie. Celestes Mutter und er sahen lächelnd zu, wie die beiden Mädchen ins Kinderzimmer liefen.

Philipp bedankte sich noch mal, setzte sich ins Auto und fuhr los. Er hatte gestern vollgetankt, das sollte fürs Erste reichen. Unterwegs würde er an einer Raststätte auftanken und eine Kleinigkeit essen.

Frieda und Orlanda waren etwas enttäuscht, dass er Carla nicht mitbrachte. Er erklärte ihnen, dass das in der Prüfungsphase nun mal nicht ging.

Als er Orlanda zum ersten Mal gesehen hatte, war ihm die Ähnlichkeit mit Frieda und Walter nicht bewusst gewesen. Aber später meinte er, Züge der beiden in ihrem Gesicht zu entdecken. Wenn, wie er vermutete, Orlanda Friedas und Walters Tochter war, warum hielten sie das geheim? Es würde allerdings erklären, warum sich Frieda immer so aufmerksam um Carla kümmerte.

5. Kapitel: Die zweite Schwangerschaft

Corinna fand, dass ihre zweite Schwangerschaft bisher deutlich angenehmer verlief als die erste. Die Morgenübelkeit war dezent, ihr Appetit normal, dafür wölbte sich der Bauch schneller. „Ausgeleiert", dachte sie und lachte. Beim zweiten Mal sieht man vieles lockerer. Das kennt man von der Erziehung, die soll ja beim zweiten Kind auch unverkrampfter sein. Solcherlei Weisheiten hatte sie aus diversen Elternzeitschriften und ähnlicher Literatur gewonnen. Beim ersten Kind laufen die Eltern bei jedem Fieber gleich in die Notaufnahme. Den Schuh wollte Corinna sich nicht anziehen. Einmal waren sie mit Liliane, damals sechs Monate alt, ins Krankenhaus gefahren, weil ihr Fieber über 40 °C angestiegen war. Dort wurde von den Ärzten eine leichte Lungenentzündung diagnostiziert. Das Kind musste sogar einige Tage im Krankenhaus bleiben. Das war für Corinna und Philipp eine lange Woche.

Wenn sie aus dem Krankenhaus nach Hause kamen, trafen sie stets auf eine aufgeräumte und saubere Wohnung. So hatten sie ihre Bleibe nicht hinterlassen, aber es war klar: Carla hatte mal wieder ‚gezaubert'. Corinna bekam sofort einen Wutanfall: „Was hat die bitte in unserer Wohnung rumzuräumen?" – „Ach, Corinna, deine Nerven sind nur überstrapaziert, das ist doch eine nette Geste!" – „Nette Geste? Das wüsste ich! Sie will sich bei dir einschleimen, aber mich lässt sie ständig fühlen, wie minderwertig sie mich findet und wie fest sie davon überzeugt ist, dass ich nicht zu dir passe." – „Corinna, bitte jetzt übertreibe nicht! Carla gibt sich so viel Mühe, uns neben ihrem Studium zu unterstützen. Ich brauche sie nur etwas zu fragen, ob sie zum Beispiel für uns einkaufen geht, schon macht sie das klaglos." – „Bei dir! Ich habe sie letztens mal gebeten, für mich die Post aus dem Briefkasten zu holen. Da hat sie mich nur von oben bis unten gemustert, sich umgedreht und ist gegangen. Ich meine noch so etwas wie ‚Hast doch selbst zwei Beine' gehört zu haben, auch wenn ich darauf nicht schwören würde."

Philipp schwieg. Er würde Carla später darauf ansprechen. Bei ähnlichen Eklats war es am Ende stets darauf hinausgelaufen, dass ein Missverständnis vorlag. Das vermutete er in diesem Fall auch. Er misstraute Corinna nicht, und außer bei Carla war sie nie so extrem empfindlich. Hätte nur einmal ein Nachbar, eine Freundin, ja, irgendjemand eine ähnliche Beobachtung gemacht, so wäre er streng mit Carla ins Gericht gegangen. Aber keiner konnte es bestätigen, nicht einmal Steffi, die sich als Corinnas beste Freundin bestimmt gern auf ihre Seite geschlagen hätte. Doch auch sie hatte nichts beobachtet. Im Gegenteil fand sie, dass Carla immer hilfsbereit war. Obwohl, so vom Gefühl her, mochte Steffi die junge Frau nicht besonders. Vorstellen konnte sie sich schon, dass Carla auch eine sehr unangenehme Seite herauskehren könnte, aber sie hatte leider nie etwas gesehen, worauf sie mit dem Finger zeigen könne. Philipp interpretierte ihre latente Abneigung als Voreingenommenheit.

Liliane hatte seit einer Weile vermehrt Bauchschmerzen. Die Kinderärztin konnte nichts finden und empfahl, den Zuckerkonsum des Mädchens zu reduzieren. Vielleicht würde das helfen? Zwei Wochen hatten sie das ausprobiert und der Versuch war erfolgreich. Liliane verzog nicht mehr weinerlich das Gesicht, wenn sie ihren Brei bekam. Corinna kochte während der Elternzeit selbst, Hauptspeisen und auch Obstspeisen, immer ohne Zucker, und es gab keine Probleme. Carla, die ihr Patenkind gern mal mit einem Lutscher oder einem Stück Schokolade verwöhnt hatte, nickte ernsthaft. Sie erwies sich als übereifrig, wenn Besuch mit einem Schokoladenkäfer oder einer Tüte Weingummi für Liliane kam. Sie erklärte freundlich, aber bestimmt, dass das Kind keinen Zucker essen dürfe. Corinna reizte das bis aufs Blut: Was hatte Carla sich da einzumischen? Philipp meinte, sie wolle eben beweisen, dass sie als Patentante engagiert sei.

Auch wenn es Corinna in der Schwangerschaft recht gut ging, war sie doch oft müde und legte sich mittags eine Stunde hin. Da war sie dann, obwohl mit gemischten Gefühlen, dankbar, wenn Carla sich bereit erklärte, mit der munteren und quietschfidelen Liliane auf den Spielplatz zu gehen.

Eines Nachmittags blieben Carla und Liliane sehr lange weg. Corinna machte sich allmählich Sorgen. Sie rief Carla auf dem Handy an. Die war kurz angebunden: „Ich kann gerade nicht, aber wir kommen gleich."

Als die beiden nach Hause kamen, war Lilianes Gesicht verschmiert. Um den Mund hatte sie einen Bart, ganz in Rosa. In der Hand hielt sie die Reste eines Eishörnchens und strahlte ihre Mutter an. Corinna riss sich zusammen. Sie schickte ihre Tochter ins Badezimmer, um sich schon mal das Gesicht zu waschen. Carla warf sie einen eisigen Blick zu.

„Wir sprechen gleich noch!"

Liliane hatte leichte Bauchschmerzen. Corinna ahnte, dass das im Laufe des Tages noch schlimmer werden würden. Sie half ihrer Tochter beim Zähneputzen, zog ihr ihren Lieblingsschlafanzug mit den Schäfchen an und brachte sie ins Bett.

„Schlaf ein bisschen, meine Kleine, dann geht's dir besser."

Sie ging zurück ins Wohnzimmer. Carla saß auf dem Sofa, auf Corinnas Platz, und blätterte gelangweilt in einer Zeitschrift. Sie schaute kaum hoch, als Corinna sie anschnauzte: „Was fällt dir eigentlich ein? Du weißt doch genau, dass Liliane nichts Süßes verträgt! Machst du das extra? Lässt du die Kleine leiden, um mich zu ärgern?"

Carla hörte sich das in Ruhe an. Corinna hätte schwören können, dass sie dabei dieses dümmlich-arrogante Lächeln im Gesicht hatte.

„Erklär es mir!"

Carla hob den Kopf und lächelte.

„Es tut mir leid, natürlich weiß ich das. Ich bin da sonst sehr gewissenhaft, das wisst ihr doch beide. Aber

Lila war heute so außer Rand und Band, schubste andere Kinder und hat sich sogar mit einem Jungen geprügelt, der mindestens zwei Jahre älter ist als sie. Sie war so außer sich, dass sie anfing, mit Förmchen und Sand zu werfen. Lila will wie immer zu weit gehen, dachte ich.[*] Ich wollte nicht, dass sie ein anderes Kind verletzt. Auf Rufe reagierte sie auch nicht, in meiner Not habe ich ihr am Kiosk schnell ein Eis gekauft. Damit ließ sie sich ablenken und es war Friede auf dem Spielplatz. Ich habe einfach nicht lange nachgedacht, tut mir leid." – „Du siehst nicht aus, als ob es dir leidtut! Außerdem hör endlich mit diesem dämlichen ‚Lila' auf. Warum nennst du sie nicht Lili wie wir auch? Ich habe dich schon tausend Mal darum gebeten! Und außerdem bin ich sicher, dass du ihr absichtlich das Eis gekauft hast. Weil du versuchst, mir irgendwie weh zu tun, selbst wenn es über unsere Lili geht!"

Carla stand auf. Corinna hatte vor Wut die Fäuste geballt. Carla ging dicht an Corinna vorbei und zischte: „Was für ein bodenloser Unsinn. Das muss ich mir nicht länger anhören". Mit diesen Worten und erhobenem Kopf verließ sie die Wohnung.

Corinna ließ sich erschöpft aufs Sofa fallen. Vor ein paar Wochen hatte sie mit dem Gedanken gespielt, eine Wanze zu installieren, um einmal mitzuschneiden, wie Carla sich aufführte. Diese Idee hatte sie dann aufgege-

---

[*] Elena Ferrante: Meine geniale Freundin, Frankfurt am Main: Suhrkamp 2018.

ben, denn Carla sagte nie etwas, das man klar als Beleidigung oder Angriff erkennen konnte. Liliane fing erneut an, zu wimmern. Die arme Maus. Jetzt müsste sie wieder ein paar Tage konsequent Diät einhalten, bis es ihr besser ging.

„Hätte ich eine stärkere Neigung zu gruseligen Fantasien, würde ich damit rechnen, dass dieses kleine Biest mir eines Tages auflauert, um mich unauffällig wie bei einem Unfall ums Leben zu bringen", dachte Corinna.

Diese Gedanken teilte sie Philipp nicht mit. Er würde sie nur in den Arm nehmen, trösten und sie beruhigen: „Warte nur, bis das nächste Kind da ist. Dann siehst du das alles wieder gelassener."

Dass Carla für Liliane ein Eis gekauft hatte, gefiel ihm aber auch nicht. Er nahm sie später zur Seite und wollte sie deswegen zurechtweisen. Aber Carla schaute ihn mit großen Augen an und wirkte verzweifelt.

„Es ist wirklich total blöde gelaufen", kam sie ihm zuvor. „Dir ist doch klar, dass Corinna im Grunde weiß, wie sehr ich an Lila hänge. Ich würde nie und nimmer etwas tun, was der Süßen schadet." – Sie schluchzte in ihr Taschentuch und versuchte, sich wieder zu fangen. – „Ihr habt natürlich recht, ich hätte überlegen müssen. Aber ich war so bemüht, Lila in Schach zu halten, um mehr Streit zwischen den Kindern zu vermeiden, dass ich die nächstbeste Lösung genommen habe." Sie legte eine kleine Pause ein. Dann flüsterte sie: „Wenn ihr meint, dass es mit mir nicht mehr geht, suche ich mir eine andere Wohnung." – „Ach, Carla, das ist doch übertrieben. Natürlich sind wir irgendwie sauer. Aber es liegt auf der Hand, dass es eine Kurzschlusshandlung war. Da musst du doch nicht mit Auszug drohen. Überlege einfach in Zukunft etwas besser." – „Natürlich, Philipp." Sie wischte sich nochmals mit dem Taschentuch über die Augen.

„Noch eins, Carla. Ich weiß, du meinst es nicht böse, aber versuche doch bitte, Liliane nicht mehr Lila zu nennen. Zumindest solange Corinna schwanger und, nun ja, ein bisschen empfindsam ist." Carla nickte.

6. Kapitel: Leseratten

Valerie las gern. Jetzt, mit siebzig, erinnerte sie sich, wie sie das Buch *Das Alter* von Simone de Beauvoir gelesen hatte. Alle anderen Bücher dieser Autorin hatte sie damals in ihrer Studentenzeit bereits verschlungen. Sie hatten ihr Leben beeinflusst. Weil sie so sehnsüchtig auf das Erscheinen von *Das Alter* gewartet hatte, bestellte sie sich das Buch entgegen ihrem eisernen Sparprinzip als Hardcover, sobald die Übersetzung angekündigt war. Ihr Schulfranzösisch reichte nicht für die Lektüre des Originals. Zwei Tage später war sie zur Abholung in die Stadt gefahren und in die Buchhandlung gegangen. Ihren grauen VW hatte sie in dem Parkhaus abgestellt, das sie immer anfuhr. Sie bevorzugte das oberste Parkdeck, aber das war an dem Tag geschlossen. Das nächste Parkdeck war halboffen; ihr Wagen stand im Dunkeln mit Blick auf grelles Sonnenlicht im offenen Teil der Parketage. Sie riss das Buch aus der Tasche und betrachtete den blauen Papiereinband mit der schwarzen Federskizze des Porträts der Autorin. Valerie öffnete das Buch und begann zu lesen. Wie immer, zog sie die Autorin sofort in ihren Bann, niemals verschwendete sie ihre Zeit mit irrelevanten Fragen.[*] Valerie las zwar nicht das ganze Buch auf dem Parkdeck – so viel Zeit hatte sie auch damals nicht –, aber sie las den Anfang, einige Seiten in der Mitte und das Ende.

Die Tränen liefen ihr über die Wangen, sie konnte den Fluss nur schwer stoppen. So traurig ist das Alter! Freunde sterben, die Gesundheit bröckelt, das gute Aussehen wird vernichtet, und der Alltag ist voller Schwermut.

Das war die Botschaft, die Valerie dem Buch ihrer Lieblingsautorin entnahm. Mit Anfang zwanzig fand sie das traurig, aber im Gegensatz zu den anderen Büchern war dies kein Wegweiser für ihre eigene Zukunft. Eine Lösung wäre es gewesen, ab sofort ein ausschweifendes Leben zu führen, mitzunehmen, was noch mitzunehmen ist. Oder sie hätte ihr Leben einem sinnvollen Zweck widmen können. Da gab es Möglichkeiten wie Entwicklungshilfe, Ehrenämter oder sogar die Bewerbung als Mutter in einem Kinderdorf. Für so viel Übertragung auf sich selbst war sie damals aber zu jung.

---

[*]   Jaron Lanier: Wenn Träume erwachsen werden. Ein Blick auf das digitale Zeitalter, Hamburg: Hoffmann und Campe 2015.

Genauso ist es mit der Übertragung bei Kindern, die Märchen häufig als nicht so grausam empfinden wie die Erwachsenen. Zum Beispiel nehmen Kinder das Tanzen in glühenden Pantoffeln nicht als einen mitzuleidenden, vorstellbaren Schmerz wahr, sondern eher als gerechte Strafe. Aus einem ähnlichen Grund konnte Valerie dieses Buch von Beauvoir zwar schon sehr traurig finden, aber was Älterwerden und Altsein wirklich bedeutet, erfasste sie damals nicht.

Im Moment hatte sie wieder eine Lesephase. Während ihrer Berufstätigkeit in einer Rechtsanwaltskanzlei hatte sie tagsüber zu viel zu lesen und zu schreiben gehabt, als dass sie ihre Freizeit noch hätte mit Buchstaben füllen wollen. Wenn sie mal in Rente wäre, so nahm sie sich damals vor, dann würde sie endlich wieder mit Muße lesen.

Es hatte nach ihrer Pensionierung allerdings ein paar Jahre gedauert, bis sie wieder so weit war. Zwei Jahre lang war sie nur unterwegs. Es gab so viele Ecken in ihrer Stadt und in der Umgebung, die sie nie gesehen hatte. Und dann hatte ihre Freundin Frieda, die es schon in jungen Jahren nach Usedom verschlagen hatte, sie eingeladen.

„Komm doch zu mir. Wir machen uns eine nette Zeit. Ich bin zwei Jahre älter als du, da habe ich mich mit dem Rentnerdasein schon positiv arrangiert. Hier können wir herrlich lange Spaziergänge machen."

Kurz entschlossen war sie daher für einen längeren Aufenthalt nach Usedom gereist. Es war eine wunderbare Zeit. Frieda ging es gut, sie war sozusagen eine reiche Witwe. Über diesen Ausdruck lachten beide herzlich. Manchmal wirkte Frieda bedrückt, aber sie reagierte auch auf vorsichtiges Herantasten und Nachfragen nicht. Also beließ Valerie es dabei. Sie lernte auch Orlanda und Carla kennen. Keine Ahnung, wie Frieda das Mutter-Kind-Gespann kennengelernt hatte. Das Kind nannte Frieda zwar „Tante", aber Valerie war sich ziemlich sicher, dass ihre Freundin keine Geschwister hatte. Bei diesem Thema wich Frieda jedenfalls immer aus. Häufig kam Carla nachmittags vorbei, wenn ihre Mutter arbeiten musste. Sie war ein fröhliches Mädchen.

Auf ihren stundenlangen Spaziergängen sprachen Valerie und Frieda darüber, was sie alles gelesen hatten. Frieda hatte nach der Realschule gleich den Beruf einer Haushaltshilfe erlernt und ihr Leben lang ausgeübt. So hatte sie ihren späteren Mann Walter kennengelernt. Kinder gab es aus dieser Ehe nicht, denn bei der Heirat war Frieda bereits fünfzig Jahre alt. Vielleicht betrachtete sie Orlanda und Carla als Ersatztochter und -enkelin.

Frieda hatte keine höhere Schulbildung, hatte aber im Gegensatz zu Valerie immer Zeit für Lektüre gefunden und konnte als belesen angesehen werden.

„Bestimmt zehn Jahre lang habe ich ausschließlich Krimis gelesen. Nach einem arbeitsreichen Tag fand ich das erholsam. Und man lernt fürs Leben." Sie prusteten beide los.

Seit kurzem bearbeitete Frieda ein neues Projekt. Sie hatte die deutschen Buchpreislisten, Nobelpreisträgerlisten und Ähnliches durchforstet und nach dem Zufallsprinzip Bücher ausgewählt. Altbewährtes Verfahren: Stift über der Seite kreisen lassen, Seite mehrmals drehen und dann: Stift heruntersausen lassen, und das Buch, auf das die Stiftspitze zeigt, wird gelesen.

Frieda bot Valerie an, ihr ein paar Bücher zu leihen: „Ich lese keines davon ein zweites Mal. Du kommst einfach wieder vorbei, wenn du sie durch hast. Dann sehen wir uns öfter!" – „Das ist eine tolle Idee! Du kannst mich ja auch gern mal besuchen." Frieda packte eine IKEA-Einkaufstasche mit Büchern voll.

„Ich habe keine besonderen Titel ausgewählt, einfach genommen, was mir in die Finger fiel. Ist das für dich okay?" Valerie nickte. Gut, dass sie mit dem Auto gekommen war.

Von diesem Tag an richtete sie sich eine tägliche Lesestunde ein. Von sieben bis acht Uhr las sie. Das war nun ihre heilige Stunde. Musste sie unbedingt zu einem Termin, wurde diese Stunde nach hinten verlegt oder vorgezogen. War das Buch sehr packend, las sie gelegentlich auch vormittags oder noch im Bett. Sie telefonierte häufig mit Frieda, und sie tauschten sich über die Lektüre aus. Bei manchen Büchern wusste Frieda beim Telefonat mit ihrer Freundin nicht einmal mehr den Inhalt. Beim

Plaudern kam die Erinnerung dann aber schnell wieder. Am Telefon erzählte Frieda auch, dass Carla jetzt Technomathematik studiere und bei entfernten Verwandten wohnte.

„Carla wird es weit bringen", war Friedas feste Überzeugung.

Valerie kämpfte sich durch den Bücherberg. Sie hatte sich vorgenommen, jedes Buch zu lesen. Immerhin waren sie alle preisgekrönt. Die Lektüre desillusionierte sie. Manchmal fragte sie sich, warum gewisse Bücher, die sie extrem langweilig fand, einen Preis gewonnen hatten. Da war zum Beispiel *Meine geniale Freundin* von Elena Ferrante. So viele Seiten, und es passierte nichts. Es wurde Spannung aufgebaut, und dann verpuffte sie im Nichts. Nee, da waren ja Rechtsanwaltsschreiben ergiebiger. Sie sah die Büchertasche durch. Wahrhaftig, die Fortsetzungen dieser Reihe lagen auch dabei. Das war der Tag, an dem sie ihre selbst aufgestellte Regel brach. Sie las nicht mehr wahllos alles, was Frieda ihr mitgegeben hatte. Die anderen Ferrante-Bücher legte sie sofort zur Seite. Einmal die selbstaufgestellte Regel gelockert, war sie von da ab weniger streng zu sich selbst. Nach dreißig Seiten langweilig, unzumutbar, zu grausam? Weg damit und auf zum nächsten.

Sie wusste nicht, was sie erwartete, als sie *Exit Ghost* von Philip Roth begann. Genauso wenig, wie ihr der Titel *Die Liebe in den Zeiten der Cholera* von Gabriel García Márquez etwas sagte. Beim Roth-Buch dachte sie an eine

Horrorgeschichte, beim Titel von Márquez erwartete sie so etwas im Stil von *Die Pest* von Albert Camus.

Da hatte sie sich getäuscht. Die beiden Bücher handelten vom Älterwerden und Altsein. Philip Roths Buch schien eine Autobiografie zu sein, wenn das, was er schrieb, auch ihres Wissens nicht völlig deckungsgleich mit seinem Leben war. Das andere war ein Roman über eine fanatische Liebe.

Als sie beide Bücher gelesen hatte, dachte sie wieder einmal intensiv an *Das Alter* von Simone de Beauvoir. Alle drei Bücher waren extrem pessimistisch und nur auf Verfall ausgerichtet. Der eine Protagonist wird hektisch, weil sich seine Haare lichten, die andere Hauptfigur wird dick und unansehnlich. Die Körperfunktionen lassen nach oder setzen ganz aus. Auf jeden Fall ist es eine Trauerspirale ohne Ende.

Valerie dachte über sich selbst nach. Ja, natürlich hatte sie sich verändert. Das hatte sie schon seit vielen Jahren beobachtet. Die Haare wurden grau, mittlerweile standen die Venen auf ihren Handrücken heraus – etwas, das sie bei ihrer Mutter und Großmutter abstoßend gefunden hatte. Es störte sie nicht. Sie lief nicht mehr so unbeschwert wie früher. Nach dem Putzen hatte sie Rückenschmerzen. Mit siebzig, so fand sie, durfte sie mitreden.

Nein, diese negative Einstellung zu sich selbst konnte sie nicht teilen. Sie war für jüngere Männer natürlich nicht mehr so attraktiv wie vor dreißig Jahren. Aber war das schlimm? Ihr Körper änderte sich ständig, sie hatte

Herzprobleme und eine unangenehme Krampfaderoperation mitgemacht. Dennoch, sie konnte es Frieda schlecht erklären, sie sah diesen Prozess als einen *Flow*. „Bin ich zu phlegmatisch?", fragte sie sich dann.

Es geht dem Tode zu, das machten die Autoren, die sie kannte und die zum Alter etwas geschrieben hatten, klar, und der Weg dahin war deprimierend.

War es tatsächlich so? Auf das Altern angesprochen, sagte sie: „Ja, ich werde älter, und einiges kann ich nicht mehr, was ich früher konnte. Dafür gewinne ich aber allerhand hinzu: Geduld, Gelassenheit, die Fähigkeit, das Kleine zu genießen."

Sicher würde sich das eines Tages nicht mehr die Waage halten. Valerie nahm sich dennoch fest vor, im Fluss zu bleiben. Vielleicht würde ihr das eines Tages das Sterben erleichtern. Denn davor fürchtete sie sich genau wie Frieda, de Beauvoir, Roth und Márquez. Sie hatte keine genaue Vorstellung davon, was nach dem Tod sein würde. Sie gehörte keiner Religionsgemeinschaft an, auch wenn sie dem Gedanken an ein Leben nach dem Tod nicht ablehnend gegenüberstand. Was aber, wenn es das nicht gab? Manchmal lag sie abends im Bett und stellte sich vor, wie es wäre, wenn sie nicht mehr sei. Sie, ihre Gedanken, ihre Gefühle – alles weg. Das fand sie schon eigenartig. Sie brach diese Übung regelmäßig nach wenigen Minuten ab.

7. Kapitel: Die Beerdigung

Orlanda legte den Arm um ihre Tochter.

„Es ist so schön, dich mal wieder hier zu haben! Du siehst wirklich schlecht aus, meine Süße!"

Carla zuckte zusammen. Meine Güte, sie war jetzt eine erwachsene Frau, abgeschlossenes Studium, guter Job. Konnte ihre Mutter sie nicht dementsprechend behandeln? Sie selbst sagte, wenn sie über die Mutter sprach, doch auch immer „meine Mutter" und nicht „meine Mama". Sie schüttelte sich innerlich. Viele, die sie kannte, waren bei dieser kindlichen Bezeichnung geblieben. Das war ein Merkmal ihrer Generation, die offenbar nicht erwachsen werden wollte.

„Möchtest du noch eine Tasse Kaffee, bevor wir gehen?"

Carla lehnte dankend ab. Das würde ihre Blase arg strapazieren und sie würde die Beerdigungszeremonie nicht durchstehen. Anschließend war noch dieses bescheuerte gemeinsame Kaffeetrinken eingeplant. Der Notartermin war erst für den nächsten Tag angesetzt, sie musste also zwei Tage bleiben. Dafür hatte sie sich drei Tage Urlaub genommen.

„Warst du dabei, als Tante Frieda starb?", fragte Carla. Orlanda schüttelte den Kopf. „Leider nicht. Vielleicht hätte ich sie noch retten können. Sie hat wohl den Zitronenreiniger mit dem Hustensaft verwechselt. Sie konnte nicht mehr so gut sehen, die Arme. Ich habe ihr immer gesagt, sie soll die Großpackung von dem Reiniger nicht in Flaschen umfüllen, die aussehen wie die vom Hustensaft. Und die beiden Flüssigkeiten riechen wirklich sehr ähnlich. Es muss recht qualvoll gewesen sein. Sagte der Amtsarzt. Natürlich war auch die Polizei hier, so ist das ja, wenn jemand allein zu Hause stirbt und nur eine Leiche gefunden wird. Sehr traurig alles." – „Warum müssen wir denn zu dieser Testamentsverlesung? Denkst du, wir sollen da was erben?" – „Sie hatte doch niemanden außer uns, nur so ein paar komische Verwandte über sechs Ecken. Ich denke, da wird schon einiges für uns abf..., ich meine dabei sein. Das Haus vielleicht?"

Carla zuckte mit den Schultern. „Eh egal. Wir sind ja nicht verwandt, da ist die Erbschaftssteuer so hoch, dass wir vermutlich am Ende davon gerade noch mal Essen gehen können. So wertvoll ist das Haus auch nicht." – „Nicht mehr."

Carla blickte erstaunt hoch: „Wie meinst du das?" – „Ach, Frieda hatte angefangen, überall Bargeld zu verstecken. Ich habe schon öfter gehört, dass alte Menschen dazu neigen. Wenn ich etwas gefunden habe, habe ich das mit nach Hause genommen, um sie vor sich selbst zu schützen." – „Sehr edel", brummelte Carla und warf ihrer Mutter einen zweifelnden Blick zu.

„Und was wird jetzt mit diesem Geld?" – „Was weiß ich? Am besten behalte ich es, das wäre sicher in ihrem Sinne gewesen."

Carla nickte, stand auf und strich ihr T-Shirt glatt.

„Es wird Zeit, dass wir gehen." – „Ach Kindchen, sei so gut, und tu so, als wenn dir der Verlust von Tante Frieda etwas ausmacht. Während deiner Kindheit habt ihr euch doch gut verstanden. Es könnte auf die Nachbarn hier einen merkwürdigen Eindruck machen, wenn du unbewegt am Grab stehst. Hier, ich habe dir ein schwarzes Dreieckstuch mitgebracht. Auf dem Dorf kannst du nicht wie ein Clown zu einer Beerdigung gehen."

Carla nickte gequält. Sie überlegte, wie viel Geld ihre Mutter wohl abgeschleppt hatte. Immerhin hatte Frieda von ihrem Walter eine Menge geerbt. Außerdem war sie der Ansicht, dass sie selbst auch etwas davon gebrauchen könnte. Sie wusste nicht, wie weit die Liebe ihrer Mutter reichte.

Das Begräbnis fand in kleinem Kreis statt. Außer ein paar Nachbarn war Valerie, Friedas Freundin, gekommen. Sie sah zart und gebrechlich aus. Carla und Orlanda begrüßten sie. Die paar anwesenden Nachbarn zählten zu der kleinen Zahl an Menschen, mit denen Frieda nicht zerstritten gewesen war oder bei denen der Streit so lange zurücklag, dass der Tod ihn überdecken konnte.

„Bei wenigen Gästen wird der Beerdigungskaffee wenigstens nicht so teuer", tröstete sich Orlanda, während sie mit einem Taschentuch ihre feuchten Augen abwischte.

Im Café gelang es Valerie, sich neben Carla zu setzen. Das arme Ding, hatte sie doch eine Fehlgeburt in relativ weit fortgeschrittener Schwangerschaft erlitten. Als alle gegangen waren, verabschiedete sich auch Orlanda. Valerie und Carla blieben noch sitzen.

„Ach, liebe Carla, das tut mir so leid. Erst verlierst du dein Kind, ich habe davon gehört, und dann ein halbes Jahr später deine Tante. Auch wenn sie nur deine Nenntante war, du standest ihr doch nah."

Carla schaute stumm auf den Tisch und zog mit dem Finger Kreise durch die Kuchenkrümel.

„Oder willst du nicht darüber sprechen, wie es gekommen ist?" Carla hob den Kopf und sah Valerie mit einem Blick an, den diese nicht zu deuten wusste.

„Es war schon schlimm." Was sollte sie sonst auch sagen? Das wurde von ihr erwartet. Wer würde schon verstehen, dass sie gut darüber hinweggekommen war, zumindest seelisch?

Valerie legte ihre Hand auf Carlas Arm. „Wie ist es denn passiert, wenn ich fragen darf?" Carla hob ihren Blick und schaute durch das Fenster aufs Meer.

„Ich war im sechsten Monat schwanger. Es ging mir so schlecht.[*] Um mich abzulenken, habe ich die neuen Möbel für das Baby schon mal aufbauen wollen. Dabei bin ich gefallen, aber der Sturz war nicht das Schlimme. Der halb aufgebaute Schrank ist auf mich gestürzt, ich war kurzzeitig bewusstlos. Dann konnte ich mit Mühe zum Telefon robben und den Notarzt rufen." – „Ach, du Armes! Das muss ja schlimm gewesen sein." Carla

---

[*]   Swetlana Alexijewitsch: Tschernobyl. Eine Chronik der Zukunft, Berlin: Berliner Taschenbuchverlag 2006.

nickte. „Es hat saumäßig weh getan. Schon im Notarzt-
wagen habe ich gespürt, dass etwas nicht in Ordnung
ist." – „Und der Vater?" – „Der Vater? Der hat mich
sowieso sitzen lassen. Als ich ihm in der achten Woche
die freudige Nachricht überbracht habe, hat er sich total
aufgeregt. Er habe nichts mit mir gemeinsam, lauter
scheußliche Sachen. Dann hat er mir auch noch die Wohnung gekündigt. Also, direkt ging das natürlich nicht,
aber er hat mir schon gesagt, dass ich gehen soll, so früh
wie möglich."

Valerie schaute ihr bestürzt ins Gesicht. „Hast du ihn
denn geliebt? Und hatte mir Frieda nicht erzählt, dass du
bei Philipp und Corinna wohnst?" – „Frieda hat dir wohl
eine Menge nicht erzählt. Corinna ist während ihrer zweiten Schwangerschaft die Treppe hinuntergestürzt, sie
konnte nicht gerettet werden. Philipp war außer sich. Ich
habe versucht, ihm das Leben erträglich zu machen, habe
sogar mein Studium ein halbes Jahr unterbrochen, um für
Liliane, seine Tochter da zu sein. Nach einer Weile hat er
angefangen, wie soll ich das sagen, mich zu bedrängen.
Okay, ich mochte die kleine Familie sehr, ihn auch. Aber
so kurz nach dem Tod seiner Frau, da fand ich das schon
ein bisschen merkwürdig."

Auf Valeries Gesicht breitete sich Entsetzen aus.

„Du meinst *den* Philipp, der Frieda manchmal besucht
hat? Und hat er dich ... öhm, du weißt, schon, gegen
deinen Willen?" – „Nein, nein, das nicht. Ich habe
irgendwann seinem wochenlangen Werben nachgegeben.

Er ist ja nett, und auch wenn er um einiges älter ist als ich, dennoch recht gut aussehend. Und ich war allein, habe auch getrauert. Da mag man irgendwann nicht mehr nein sagen."

Valerie wusste nicht, was sie sagen sollte. Carla lehnte sich zurück, ihr Gesicht war schmal und traurig.

Ja, traurig war sie. Aber nicht, weil sie das Baby verloren hatte. Sie wünschte, sie hätte früher und weniger schmerzhaft eine Fehlgeburt herbeiführen können. Aber bis zur vierzehnten Woche hatte sie immer noch gehofft, Philipp würde sich besinnen. Er dachte gar nicht daran, sie zu heiraten.

„Nicht, dass ich mich meiner Verantwortung entziehen werde", hatte er gesagt. „Ich werde für das Kind sorgen. Aber du kommst mir aus dem Haus, du bist eine solche falsche Schlange! Du hast den einen Abend ausgenutzt, an dem ich nicht nur sehr traurig und einsam, sondern auch noch angetrunken war. Ja, das war charakterschwach von mir, es nicht auszuhalten, dass du leicht bekleidet, so dicht neben mir auf dem Sofa gesessen hast. Ich weiß nicht, warum ich meinen Kopf abgeschaltet habe."

Sie hatte entgegnet, dass das überhaupt nicht wahr sei. Er sei wohl so betrunken gewesen, dass er vergessen habe, wie er ihr seine ewige Liebe geschworen und sie gefragt habe, ob sie ihn heiraten wolle. Er hatte wiederum behauptet, nicht so betrunken gewesen zu sein, dass er sich nicht mehr an seine eigenen Worte erinnern könne, und das stimme alles so überhaupt nicht. Dabei hatte sie gedacht, ihr langes Warten und ihre Beharrlichkeit hätten sich endlich gelohnt. Okay, er hatte ihr nicht wirklich ewige Liebe geschworen, aber abgewiesen hatte er sie nun wirklich auch nicht. Doch es half nichts, egal, wie freundlich, rücksichtsvoll und nachgiebig sie in den nächsten Wochen war – er blieb eiskalt und abweisend. Einmal hatte er sie sogar angeschrien, was so gar nicht seine Art war.

„Ich bin immer noch sicher, dass Frieda bei Walters Tod nachgeholfen hat. Und du warst als Kind ständig bei ihr, wenn du nicht sogar ...“ Hier hatte er sich unterbrochen, sie wusste nicht, was er hatte sagen wollen. Er rückte auch nicht damit heraus, egal wie sie nachbohrte.

„Es tut mir so leid, dass ich dich bei Corinna immer reingewaschen habe. So verblendet war ich, eingenommen von der klugen, jungen Frau, der wir helfen konnten.“

Dann setzte er sich plötzlich ganz gerade auf, seine vom Schlafmangel blutunterlaufenen Augen starrten sie voller Grauen an.

„Warst du nicht im Haus, als Corinna ...? Es würde mich nicht wundern, wenn du ...“ Hier unterbrach ihn Carla wütend und gab ihm eine schallende Ohrfeige. Er wurde blass und verließ das Zimmer.

Seine Haltung ihr gegenüber änderte sich nicht. Auch Liliane zog sich von ihr zurück. Sie hatte es immer wieder versucht, aber irgendwann wurde ihr klar, dass sie sich in völlig unrealistischen Träumen ergangen hatte, als sie die Schwangerschaft entdeckte. Das Kind war ihr nun ein Grauen.

Carla war in die Vergangenheit vertieft und nahm Valerie erst wieder wahr, als diese sie zum dritten Mal fragte, ob sie nicht auch gehen sollten. Carla nickte.

Am nächsten Vormittag um elf Uhr hatten sie den Termin bei Dr. Gerschke, dem Notar. Das ganze Büro, sein Zimmer, die Angestellten, er selbst: Alles entsprach dem Klischeebild, das man so von Notariaten hat. Gerschke rückte seine Brille gerade und begann, mit tonloser Stimme, das Testament vorzulesen.

Carla und Orlanda erstarrten binnen weniger Minuten auf ihren Stühlen.

„Das ist jetzt sicher ein bisschen viel für Sie. Wenn Sie Hilfe brauchen, Sie können mich immer fragen." – „Können wir das Testament mitnehmen?" – „Ich gebe Ihnen gern eine Kopie mit."

Orlanda fuhr sie zu Friedas Haus. Carla konnte es nicht fassen. Ihre Mutter war die geheimgehaltene Tochter von Walter, den sie selbst nicht kannte, und Frieda? Nachdem sie den ersten Schock überwunden hatte, lachte sie und drehte den Kopf zu ihrer Mutter: „Da hättest du dir die Klauerei sparen können."

Orlanda wollte widersprechen und wieder das Rettungsengelspielchen anleiern, aber es war nutzlos, Carla war zu klug. „Ich fahre gleich wieder nach Hause, länger habe ich nicht frei bekommen. Wenn du alles verkauft hast, kannst du mir meinen Anteil überweisen."

Orlanda war überrascht. „Ich dachte, du wolltest das Haus behalten, in dem du so viele schöne Stunden verbracht hast." – „Schöne Stunden? Warst du dabei?"

Carla ließ das Fenster hochfahren, winkte ihrer Mutter noch einmal zu und fuhr los. Sie reiste einen Tag früher zurück, damit sie Zeit für einige andere wichtige Dinge hatte.

8. Kapitel: Die Märchen

Kurz bevor Anton dreiundneunzig Jahre alt wurde, teilten die Ärzte der Familie mit, dass er ihrer Einschätzung nach nur noch wenige Tage zu leben hatte. Anton selbst schien das nicht so ernst zu nehmen. Er beschwerte sich nicht. Er lag zu Hause in seinem Messingbett unter einer dicken Daunendecke. Seinen Kopf hatte er auf ein weißes Daunenkissen gebettet. Er fröstelte, obwohl draußen Temperaturen von über 30 Grad herrschten.

Diagnose? Der Körper war am Ende. Der Krebs, den er Anfang fünfzig besiegt hatte, musste dafür nicht einmal zurückkommen. Der Hausarzt würde vermutlich „Herzversagen" als Todesursache auf dem Totenschein notieren. So ähnlich hatte Anton das seiner Großnichte Gitte gestern selbst gesagt und dabei gelächelt. Er sprach nicht viel und wenn, dann leise. Seine bleichen Hände lagen verschränkt auf der Decke.

Über Besuch freute er sich immer. Dann öffnete er die blassblauen Augen, lächelte und flüsterte einen Gruß. Sprechen fiel ihm schwer. Gittes Mutter, seine Nichte Anne, befand sich auf einer mehrwöchigen Kreuzfahrt, die sie sich zum Abschluss ihres Berufslebens gegönnt hatte. Sie hatte lange überlegt, ob sie die Reise antreten sollte. Ihr Mann Oliver hatte gute Argumente dafür: „Wenn du nicht fährst, ist das so, als ob du auf Antons Tod wartest. Das ist doch schrecklich! Sollte er in unserer Abwesenheit sterben, dann hat das Schicksal es so gewollt."

Anne hatte das eingesehen und so waren sie losgefahren. Da war Anton noch recht munter gewesen, konnte noch sitzen und gut, wenn auch leise sprechen. Er hatte sie ebenfalls zu der Reise gedrängt: „Mensch, mach das doch. Du hast dich so lange darauf gefreut, und du sagst selbst, dass der Preis wegen der schlechten Konjunktur einmalig niedrig ist."

Da waren sie gefahren. Als sie drei Tage vor ihrer Rückkehr hörten, wie schlecht es ihm ging, rechneten sie schon mit der Todesnachricht. „Friedlich eingeschlafen", war wenigstens ihre Hoffnung. Dennoch machte Anne sich immer noch Vorwürfe, dass sie ihren Onkel allein gelassen hatte. Gitte tröstete sie: „Mutti, ich gehe mindestens jeden zweiten Tag zu ihm. An seinem Geburtstag hatten wir alle plötzlich Angst, dass er in seinem Mittagsschlaf gestorben war. Wir saßen zusammen im Wohnzimmer. Sogar Philipp war mit Liliane gekommen. Es

59

war ein Brückentag, den haben viele aus der Familie genutzt, um zu Antons Geburtstag zu kommen. Wir waren bester Stimmung, denn er war ruhig, konnte besser sprechen als die Tage vorher und machte so einen heiteren Eindruck. Ich habe ihm erzählt, dass sein Buch endlich von einem Verlag angenommen wurde! Vielleicht war das ein Grund für ihn, wie leblos im Bett zu liegen, weil er dieses Ziel erreicht hatte. Einfach total erschöpft nach diesen Jahren der Anspannung." – „Das glaube ich nicht", erwiderte Anne. „So wichtig waren ihm die Bücher nicht. Er liebte das Schreiben, hatte aber die Hoffnung auf eine Veröffentlichung seiner *Zwergenerzählungen aus dem Unterland* lange aufgegeben. Auch wenn sie ein größeres Publikum verdienen. Übrigens, du sagtest, Philipp war auch da mit seiner Tochter. Wie geht's ihm denn so? Ist er wieder verheiratet? Ich glaube, seine Freundin damals hieß Carla?" – „Nee, nee, Carla hat viele Jahre bei Philipp und Corinna in einer Einliegerwohnung gelebt. Sie hat wohl viel für die Familie getan, sich um Philipp und Liliane gekümmert, nachdem Corinna so tragisch ums Leben gekommen war. Carla ist irgendwann ausgezogen, ziemlich überhastet. Das hat niemand so recht verstanden. Kurze Zeit später hat er Kathrin, seine jetzige Frau, kennengelernt." – „Ach, wie spannend! Ich mochte Philipp immer gut leiden, auch wenn er nicht verwandt mit uns ist. Freut mich, dass es ihm gut geht. Ach, übrigens: Was ist denn mit dem Buch? Bei welchem Verlag hast du es unterbringen können?"

Anton und seine Frau waren Katzenliebhaber, ein paar Jahre lang hatten sie selbst eine Katzenzucht. Anfang fünfzig hatte Anton begonnen, Bücher über Katzenpflege und -aufzucht zu verfassen. Einige hatte er in einem Selbstverlag veröffentlicht, für vier hatte er später einen kleinen Verlag gefunden. Die Bücher reichten aus, um ihn zu einem Experten in Sachen Katzenkunde zu machen, aber nennenswerte Summen verdiente er damit nicht. Ab und an ein kleines Zubrot. Seinen Beruf als Speditionskaufmann hätte er dafür nicht aufgeben können, selbst wenn er es gewollt hätte.

Kurz bevor er in Rente ging – da war seine Frau schon tot –, wandte er sich von den Katzen ab. Allein machte es ihm keine Freude mehr. Er behielt eine kleine Hauskatze mit braunem Fell und weißen Pfötchen. Sie war eine reine Wohnungskatze, denn Anton hatte bald gemerkt, dass sie dem Leben im Freien nicht gewachsen war. Aber eines Tages hatte er vergessen, die Türe zu seinem Schlafzimmer zu schließen, während er lüftete. Als es ihm plötzlich einfiel, hastete er ins Schlafzimmer und konnte gerade noch sehen, wie sie auf der Dachrinne ihr Gleichgewicht hielt. Sie lief über die Dächer, war dahin.[*] Als sie auch nach Wochen nicht zurückgekehrt war, fühlte Anton gleichzeitig Erleichterung und Trauer. Dann räumte er energisch die Wohnung von allen Gegenständen frei, die zu der Katze gehört hatten. Er überlegte

---

[*] Daniel Kehlmann: Tyll, Reinbek bei Hamburg: Rowohlt 2017.

sogar, ob er endgültig einen Schlussstrich ziehen und seine Katzenbücher verschenken sollte. Aber nein, das wollte er dann doch nicht.

Anton glitt problemlos in die Rentenzeit. Er hatte immer genug zu tun, er hielt die Wohnung schon seit Jahren allein sauber. Es gab also keinen Grund, eine Haushaltshilfe einzustellen. Er hatte Freude am Kochen gefunden. Das war eines seiner neuen Hobbys. Einmal in der Woche ging er mit ein paar Freunden aus der Spedition bowlen. Und er begann wieder, zu schreiben, Gedichte, Romane, Kurzgeschichten und satirische Artikel zum Weltgeschehen. Auch wenn sein Ehrgeiz mäßig war, wollte er seine Werke nicht in der Schublade vergammeln lassen. Er reaktivierte sein Konto bei dem Selbstverlag und brachte ein paar Bücher heraus.

Mit siebenundsechzig Jahren begann er, einen Zyklus von Geschichten zu schreiben. Jede war in sich abgeschlossen und drehte sich um ein Sternzeichen. Dennoch gehörten die Geschichten zusammen, denn sie waren über die Protagonisten miteinander verknüpft. Eine Figur namens Sven tauchte beispielsweise in manchen Kapiteln nur am Rande auf. Im Kapitel *Waage* dann kaufte Sven fünf Apfelsinen in einem Geschäft, in dem sich wenige Wochen später der Protagonist der Waagegeschichte tödlich verletzte.

Anton war neugierig, wie andere Menschen seine Geschichten beurteilen würden. Zwei Freunde kamen als Tester infrage: Olaf, ein ehemaliger Deutschlehrer, und

Rolf, ein anderer guter Bekannter – ehemals ein Freund seines Bruders Werner – und echte Leseratten. Beiden gab er eine Kopie.

Die Freunde waren restlos begeistert, Olaf war beeindruckt von der sprachlichen Finesse, Rolf gefielen vor allem die Plots. Beide rieten Anton, das Werk über einen Verlag zu verkaufen. Selbstverlage hätten einen schlechten Ruf und Werbung gäbe es da auch nicht, das wäre doch schade. Anton ließ sich überzeugen. Er schrieb ein Exposé und verfasste einen Lebenslauf über zwei Seiten. Dann schickte er diese Unterlagen mit einem Textauszug an diverse Verlage, die seiner Meinung nach dafür infrage kamen.

Er erhielt ausschließlich Absagen. Lag es an seinem Exposé? Oder schreckte die Verleger sein Alter ab? Er versuchte es über Literaturagenten, mit demselben Ergebnis. Seine Freunde feuerten ihn an, es doch weiter zu versuchen, die Texte seien es wert. Aber Anton war es leid. Er ließ das Manuskript liegen und schrieb längere Zeit nichts mehr außer Geburtstags- und Weihnachtsgrüßen.

Dann erzählte ihm Olaf, dass er seine Memoiren aus seiner Zeit als Lehrer an einem Mannheimer Gymnasium schreibe. Dadurch motiviert, setzte Anton sich wieder an den Schreibtisch. Er schrieb schnell. Saß er einmal am PC und hatte die ersten Sätze getippt, liefen die Geschichten wie von selbst. Diesmal ließ er seinen Träumereien noch mehr Raum und verfasste Geschichten mit märchenhaften Protagonisten. Olaf und Rolf waren auch diesmal angetan von seinem Werk. Während Anton schrieb, las er sich manchmal die früher verfassten Geschichten noch einmal durch. Er fand sie selbst immer noch sehr gut. Unterhaltsam, humorvoll, manchmal lehrreich, aber nie mit erhobenem Zeigefinger. Seine Freunde versicherten ihm, dass viele Menschen seine Geschichten gern lesen würden.

Also suchte er sich erneut Verlage und Agenten aus dem Internet zusammen. Das Exposé schrieb ihm Olaf. Dafür war Anton sehr dankbar: Er selbst lebte in seinen Geschichten, da hatte er nicht genügend Distanz, um ein gutes Exposé zu verfassen. Seinen Lebenslauf kürzte er drastisch auf nur wenige Zeilen zu Ausbildung und Beruf. Bloß keine Altersangabe: Neue Autoren mussten ja jung, also maximal fünfundzwanzig Jahre alt sein und schon die Weisheit mit Suppenkellen gefressen haben. Vor allem Rolf hatte ihm immer wieder versichert, dass niemand ein Erstlingswerk von einem Rentner veröffentlichen wollte, wenn es nicht gerade Geschichten über heitere Senioren aus einem Altenheim waren. Anton nahm daher seine *Zwergenerzählungen aus dem Unterland* und suchte eine passende Geschichte für die Leseprobe heraus.

Die ersten beiden Absagen kamen binnen weniger Tage. Anton war überzeugt, dass keiner der Angeschriebenen die Textprobe überhaupt gelesen hatte. Dafür erhielt er die Rückmeldung in viel zu kurzer Zeit. Die

Antworten klangen nach Textbausteinen. Die eine war härter, die andere herzlicher, aber beide unpersönlich.

Von Olaf und Rolf motiviert – er selbst hatte schon keine Lust mehr –, suchte er sich weitere acht Adressen heraus. Er erhielt nur Absagen.

„So eine Zeitvergeudung. Offensichtlich entspricht mein Text bzw. das Thema nicht dem, was Verlage für einträglich halten. Mir ist zwar klar, dass ich vermutlich keinen Bestseller landen werde. Aber ich bin nicht bereit, ein Buch zu verfassen, das außer menschlichem Leid und schlechter Sprache nichts zu bieten hat."

Sollte er es doch im Selbstverlag versuchen? Aber auch dazu fehlte ihm die Begeisterung. Seine Erzählungen umfassten mehr als achthundert Seiten, da hätte er den Text auf zwei Bände verteilen müssen. Ach nein, lieber etwas Neues schreiben.

Er schrieb noch viele Jahre. An einem runden Geburtstag verkündete er auf der Familienfeier, dass er nun mit dem Schreiben aufhören werde. Er habe alle Ideen umgesetzt. Viele Familienangehörige wussten gar nichts von seinen Werken. Anne und Gitte waren ebenfalls perplex und baten darum, einiges davon lesen zu dürfen.

„Nur zu", lächelte Anton und verschickte abends nach der Feier einige Texte per E-Mail an Nichte und Großnichte.

Vor allem Gitte war von den Geschichten sehr angetan. Sie wollte ihn überreden, es doch noch einmal mit der Veröffentlichung zu versuchen. Die Geschichten seien so zeitlos, sie könnten vielen Menschen Freude bereiten. Sie bot sich sogar an, das Abklappern von Verlagen und Agenturen zu übernehmen.

Erst wollte er nicht, aber dann gab er schließlich nach. Gitte stellte eine lange Verlagsliste zusammen. Sie las gar nicht erst, was die Verlage erwarteten oder ablehnten, sondern entschied sich für das Gießkannenprinzip und hatte schließlich einhundertzwei Adressen gesammelt. Pro Tag verschickte sie eine E-Mail mit den erforderlichen Anlagen, aber wirklich nie mehr als eine am Tag. Es prasselte die üblichen Absagen, von denen ihr Anton schon berichtet hatte.

Nach zwei Jahren standen noch drei Verlage und eine Agentur aus, die sich nicht gemeldet hatten. Zwei Verlage schrieben zurück, dass sie die E-Mail lange behalten hätten und jetzt gern den Rest lesen würden. Daher konvertierte Gitte das ganze Manuskript in eine PDF-Datei und schickte es an die Verlage. Nach einem weiteren halben Jahr erhielt sie eine Absage. Drei Wochen später bekam Gitte eine E-Mail von dem anderen Verlag. Die Redaktion sei interessiert daran, das Manuskript zu veröffentlichen. Ob sie befugt sei, einen Vertrag zu unterschreiben? Die Vollmacht hatte Anton ihr schon vor längerem gegeben. So gingen noch einige E-Mails hin und her, bis sie schließlich den unterschriebenen Vertrag vor sich liegen hatte. Das wäre genau das passende Geschenk zu Antons Geburtstag, dem die gesamte Familie gekommen war. Gitte überreichte ihm strahlend den

Vertrag. Anton sah sich kurz an, um was es sich handelte. „Das hast du toll hinbekommen. Nun werde ich vielleicht wenigstens posthum noch berühmt. Und jetzt, seid mir nicht böse, bin ich müde."

9. Kapitel: Kathrin

„Liest du dem Kleinen noch was vor? Laut unserem Plan bin ich heute mit der Küche dran und du mit dem Vorlesen."

Philipp lächelte. Kathrin nahm das mit der Arbeitsteilung sehr genau. Warum auch nicht? Außerdem war Vorlesen definitiv angenehmer, als die Küche aufzuräumen. Okay, dann würde er Boris heute eine neue Geschichte vorlesen. Er war nach wie vor froh, dass sie sich auf den Namen Boris hatten einigen können. Kathrin wollte ihren Sohn unbedingt Balu nennen, sie liebte den Film *Das Dschungelbuch* so sehr. Und Balu war einfach niedlich! Ja, ein kleiner Junge mit dem Namen Balu war vielleicht niedlich. Aber was, wenn er als Balu eingeschult würde? Hänseleien wären da doch vorprogrammiert.

„Nur einer von 100.000 Jungen trägt den Namen Balu. Er ist der 4.168. Name, geordnet nach Häufigkeit. Das heißt, es gibt 4.167 Jungennamen, die beliebter sind als Balu." Kathrin entgegnete, dass es durchaus Jungen gebe, die noch seltenere Namen haben, ja, das seien Tausende. Sie hatte das im Internet nachgeschaut. Aber das war einer der wenigen Punkte, bei denen Philipp nicht kompromissbereit war. Er hatte einige Kinder mit solchen

Ulknamen größer werden und darunter leiden sehen. Nach langen Diskussionen hatte Kathrin nachgegeben und war deshalb zwei Tage mit einem langen Gesicht herumgelaufen. Den Preis zahlte Philipp gern, denn er wusste, dass Kathrin selbst keine dicke Luft mochte.

Philipp setzte sich neben das Gitterbett. Boris sah heute recht munter aus. Manchmal war er so müde, dass er ihm nur zwei oder drei Absätze vorlesen musste. Heute, so schätzte Philipp, würde es eine halbe Stunde. Er strich Boris über den mit feinem blonden Flaum bedeckten Kopf, nahm das Buch auf den Schoß und begann eine neue Geschichte. Boris lächelte und schlug freudig mit seiner Rassel an die Gitterstäbe. Er liebte es, wenn ihm seine Eltern vorlasen. Philipp und Kathrin wünschten sich sehnlichst, dass er später genauso gern selbst lesen würde. Das war bei Kindern heute keine Selbstverständlichkeit mehr.

Das Telefon klingelte. Er hörte, wie Kathrin den Anruf entgegennahm. Offenbar rief Liliane an, die sich fantastisch mit Kathrin verstand, was ihn sehr freute. Er war anscheinend nicht gefragt, denn Kathrin rief nicht nach ihm. Er stand auf, um die Kinderzimmertür zu schließen. Sofort verzog Boris sein Gesicht, weil er dachte, er würde um seine Lesezeit gebracht.

„Pssst, Kleiner, ich bleibe doch hier. Versprochen ist versprochen." Boris sah ihn mit großen Augen an.

Ja, Liliane und Kathrin mochten sich. Obwohl es anfänglich Schwierigkeiten gegeben hatte, weil seine Tochter lange Zeit nur auf Carla fixiert war. Doch als sie alt genug war, hatte er ihr mehr über Carla erzählt. Daraufhin hatte Liliane nie wieder über sie gesprochen. Ob die beiden dennoch Kontakt hatten? Damals wusste er es nicht und wollte es auch nicht wissen.

Philipp schlug die *Zwergenerzählungen aus dem Unterland* auf. Antons Erzählungen, die vor einem halben Jahr erschienen waren, eigneten sich hervorragend zum Vorlesen. Die Sprache und die Geschichten waren lebendig und spannend, manche auch rührend. Nicht nur Philipp und Kathrin lasen sie gern, auch Boris lauschte still, obwohl er noch zu jung war, um sie zu verstehen.

„Was für ein großes Talent dein Onkel hatte, das so lange verborgen war. Ich bin beeindruckt!", sagte Kathrin.

Gitte hatte an alle Verwandten ein Exemplar geschickt. Auch Philipp hatte auf der Empfängerliste gestanden.

Er ging das Inhaltsverzeichnis durch bis zu einer Geschichte, die noch keinen Bleistifthaken trug. Aha, heute war die 21. Geschichte dran. Sie ging über 20 Seiten, da würde er mindestens einen zweiten Abend brauchen.

Er kitzelte Boris ein wenig am Hals, das mochte der Kleine. Dann begann er mit dem Vorlesen:

Die blauen Zwerge in der Mongolei

Die drei tapfersten Zwerge stiegen auf den steilen Berg. Sie hatten zwei Ochsen dabei, denen sie Wasser, Zwiebäcke und einige Decken auf den Rücken gebunden hatten. Adebolt, Betagard und

Chimawas waren guten Mutes, sie waren rasch vorangekommen. Etwa nach drei Stunden kamen sie an einer Yakherde vorbei, die friedlich vor sich hinkaute. Die eher gemütlichen Ochsen rissen sich plötzlich los und trampelten davon. Die Zwerge versuchten, sie wieder einzufangen. Adebolt lief vorneweg. Nach einer Weile war er aus ihrem Blickfeld verschwunden. Wenige Minuten später hörten sie ihn rufen: „Sie haben Gesellschaft gefunden!" Betagard und Chimawas eilten Adebolt hinterher. Als sie ihn erreichten, sahen sie eine Schafherde und die Yakherde mit den beladenen Ochsen ge*meinsam äsen. Würden die Ochsen wieder mit ihnen ziehen, oder würden sie stur auf der Wiese bleiben?

Philipp hätte gern weitergelesen, aber Boris war eingeschlafen.

10. Kapitel: Englisch als Hobby

Philipp hatte nach seiner Studienzeit in England, auch wenn es nur zwei Semester gewesen waren, immer daran gearbeitet, sein Englisch zu verbessern oder wenigstens auf dem erreichten Level zu halten. Mit Corinna hatte er einen Literaturkreis der Volkshochschule besucht. Leider war das nicht sehr anspruchsvoll, so sah es selbst Corinna, obwohl ihre Kenntnisse nicht über Schulenglisch hinausgingen.

Schließlich fanden sie über das britische Konsulat einen Kurs, der für sie beide geeignet war. Nach einer Weile mussten sie ihn aufgeben, da sie nicht mehr die Zeit hatten, sich gründlich vorzubereiten. Sie waren zu

---

* Galsan Tschinag: Der blaue Himmel, Frankfurt am Main: Suhrkamp 2003.

rücksichtsvoll, den anderen Teilnehmern ihre ständige Unwissenheit zuzumuten.

Nach einer langen stressigen Zeit, in die auch Corinnas Tod fiel, besann Philipp sich wieder auf sein Englisch. Er abonnierte einen Streamingdienst und schaute sich englische Filme und Serien im Originalton an. Das war gut für sein Hörverständnis, er verstand nach kurzer Zeit fast alles. Nur wenn amerikanisches Englisch gesprochen wurde, hatte Philipp so seine Probleme. Aber er wollte auch etwas für seine anderen passiven Kenntnisse tun, nicht nur das Alltagsvokabular ausbauen. Er besann sich wieder aufs Lesen.

Er durchstöberte die englischen Bestsellerlisten der letzten zehn Jahre. Er erstellte sich nun eine eigene Liste mit allen Büchern, die ihm lesenswert erschienen. Selbst wenn sich herausstellen sollte, dass das eine oder andere Buch langweilig war oder ihm vom Inhalt her nicht zusagte, könnte er mit konsequentem Nachschlagen der unbekannten Vokabeln auch an diesen Büchern noch lernen.

Seine neue Beschäftigung füllte seine Freizeit komplett aus. Freizeit war für ihn nicht nur die Abwesenheit von Arbeit, sondern auch die Freiheit von häuslichen Pflichten. Nicht, dass er unter der Last der Aufgaben stöhnte: Kochen, Putzen, mit Liliane spielen oder lernen. Diesen Tätigkeiten ging er gerne nach, denn er wollte seine Tochter glücklich und gut versorgt wissen.

Wenn dann abends alles sauber war und Liliane im Bett lag, gönnte er sich seine Lesezeit. An manchen Abenden war er jedoch zu müde und ließ es bleiben. Er sah die Gefahr, dass er es ganz aufgeben könnte. Deshalb setzte er sich ein Mindestpensum von zehn Seiten. Das funktionierte gut.

Als er Kathrin kennenlernte, musste er einiges einschränken. Wer interessiert sich schon für einen Mann, der jeden Tag nur fünf freie Minuten hat? Liliane war mittlerweile schon so groß, dass sie ein wenig im Haushalt helfen konnte, was ihn entlastete. Er reduzierte sein Lesepensum erst auf fünf, dann auf zwei Seiten. Seine Devise lautete: „Hauptsache, ich gebe das nicht ganz auf!"

Nachdem Philipp und Kathrin geheiratet hatten, versuchte er sie für Englisch zu begeistern. Das war anfangs sehr schwierig, denn für Sprachen interessierte sie sich nicht, was sicher, so war er überzeugt, durch schlechte Lehrer ausgelöst wurde. Philipp war immer entsetzt, wenn er sah, wie Lehrer das Interesse an einem bestimmten Fach komplett vernichten konnten. Umgekehrt funktionierte das auch. Ein guter Lehrer konnte eben auch begeistern: Sein zweiter Lateinlehrer hatte den Bogen raus gehabt, fast die ganze Klasse lernte mit Begeisterung. Wie viele Kinder, so fragte er sich, würden Mathematik mögen, wenn sie richtig herangeführt würden?

Ein krasses Beispiel kannte er aus Cornelias Familie. Oliver, der Ehemann von Werners Tochter Anne, hatte einen richtigen Hass auf alles, was, wie er sagte, „nach Philosophie riecht". Eine despotische Lehrerin ohne Verständnis dafür, dass das Interesse von Jugendlichen an einem bestimmten Fach unterschiedlich sein kann, hatte ihn so lange drangsaliert, bis er schließlich hinnahm, in Philosophie eine Dauerfünf mit nach Hause zu bringen. Diese langweiligen Gottesbeweise, über die er referieren musste ... Und dann dieses ständige Herumkauen auf ,dem Tisch an sich'.

Interessant war, dass Oliver sich durchaus eifrig an Diskussionen über philosophische Themen beteiligte, solange man ihn nicht auf diese Tatsache hinwies.

Bei Kathrin war es ähnlich gewesen. Ab der zehnten Klasse hatte sie eine neue Englischlehrerin bekommen. Die Lektüre der vorgesehenen Bücher wäre sicher ganz aufschlussreich gewesen, hätte der Unterricht nicht ausschließlich darin bestanden, dass Frau Knusemann alle Texte selbst vorlas und interpretierte. Die Klasse kam nie zu Wort. Sie hielt ihre Schüler wohl für sprachlich völlig inkompetent, weil sie ein naturwissenschaftlich ausgerichtetes Gymnasium besuchten. Kathrin hatte angefangen, unter dem Pult zu lesen. *The Catcher in the Rye* von Salinger war deutlich spannender als der Unterricht. Aber dennoch war ihr Verhältnis zur englischen Sprache nun angespannt.

Eine weitere Tortur waren die Englischklausuren. Da nach Ansicht von Frau Knusemann die ganze Klasse nur rechnen und an Chemikalien schnüffeln, aber sonst nichts konnte, bestanden die Klausuren immer nur aus Nacherzählungen. Natürlich musste der Schwierigkeitsgrad von Klasse zu Klasse erhöht werden. Normalerweise wird bei schriftlichen Arbeiten verlangt, dass ein gedruckt vorliegender oder vorgelesener Text interpretiert wird.

„Du kannst dir das nicht vorstellen", sagte Kathrin oft, „wie furchtbar das war. Ich konnte irgendwie nicht so lange konzentriert zuhören. Da hat die Frau wirklich in einer Arbeit geschlagene 45 Minuten vorgelesen. Als sie in der Mitte war, hatte ich den Anfang schon vergessen. Notizen durften wir nicht machen. Das ist doch krank! Wie gern hätte ich mal einen Text interpretiert, das konnte ich nämlich im Deutschunterricht auch gut."

Schlimm, wie schlechte Lehrer einen Menschen formen können. Kathrin war nun schon Anfang dreißig, trotzdem konnte sie sich noch an viele Horrorerlebnisse aus der Schulzeit erinnern.

Philipp überlegte. Natürlich konnte er sein Hobby auch allein pflegen. Er fand nicht, dass ein Paar ständig alles gemeinsam machen musste. Aber er kannte Kathrin gut genug, um überzeugt zu sein, dass sie sich für die Lektüre begeistern könnte. Er sah seine gelesenen Bücher durch, nahm mehrere aus dem Regal und blätterte darin. Es dauerte eine Weile, bis er etwas fand, von dem er überzeugt war, dass Kathrin es auch mögen würde.

„Hier", sagte er zu ihr, „versuche doch mal dieses Buch. Wenn dir das auch nicht gefällt oder dir zu schwierig erscheint, dann gebe ich auf."

Kathrin lächelte.

„Okay, ein letzter Versuch." Er legte das Buch vor sie auf den Tisch. Sie las den Titel laut vor: „Ze kait rannär". Philipp schluckte, er wollte nicht gleich ihre Aussprache korrigieren, das wäre entmutigend.

„Wie wär's, du schlägst mal irgendeine Seite auf und liest mir eine beliebige Zeile vor. Manchmal sagt eine Zeile schon viel über ein Buch aus."

Sie schlug das Buch auf und ließ den Finger über eine Zeile laufen: „Hassan, chasing each other between tangles of trees in my father's yard*...‟

„Und?" – „Ja, ist irgendwie schon interessant. Der Ausdruck *tängöls of triiß* erweckt ein schönes Bild. Hassan ist der Protagonist?"

Philipp nickte.

„Gut, ich werde das Buch lesen. Jeden Tag ein paar Seiten. Wenn ich Fragen habe oder was nicht verstehe, da kenne ich jemanden, der geduldig Auskunft geben wird!"

Philipp freute sich. Er war sicher, dass Kathrin dieses Buch lieben würde. Und für die Verbesserung der – gelinde gesagt – deutschen Aussprache wäre vielleicht ein kleiner Englandurlaub geeignet. Die Urlaubspläne

---

* Khaled Hosseini: The Kite Runner, London: Bloomsbury 2003.

wurden dann allerdings von Kathrins Schwangerschaft durchkreuzt.

11. Kapitel: Hasskarten

Boris hasste die Welt. Jeden Tag schuf er Hasstrophäen, die er der hassenswertesten Angelegenheit oder der hassenswertesten Person des Tages verlieh. Leider konnte er kein dementsprechendes Schildchen an die Person oder Sache heften, das würde wieder nur Ärger geben. Er hatte kleine Karteikarten, von denen er jeden Tag zwei beschriften konnte. Etwa zehn Tage ohne Hassobjekte hintereinander war sein Ziel für die nächsten sechs Jahre. Das sah aber nicht so gut aus.

Auf eine Karteikarte schrieb er links oben in die Ecke eine 1 (für: schlimmster Hass) oder eine 2 (für: zweitschlimmster Hass). Dann kam in die Mitte ein Stichwort. Wenn nötig, notierte er auf der Kartenrückseite eine Erklärung oder einen Kommentar. Die Karten sammelte er seit über drei Jahren in einem Karteikasten, den er hinter seinen Büchern im Schrank versteckt hielt. Den musste ja niemand sehen.

Wenn er sich die alten Karten ansah und las, was damals seine Hassobjekte gewesen waren, kam der ganze Groll wieder hoch. Sollte er zugunsten seiner geistigen Gesundheit das erneute Lesen lieber lassen? Er hatte sich selbst eine Verhaltenstherapie verordnet. Als er zwölf Jahre alt war, hatte ihm seine Nenntante Carla (zwei Kärtchen zweiten Grades, da hatte sie ihn nicht zum Eis eingeladen, obwohl er die ganze Nacht davon geträumt hatte) ein Buch über Psychologie geschenkt. Das war ein tolles Buch, und er fand, er sei schon ein halber Psychiater. Auf jeden Fall konnte er sich selbst heilen. Dazu gehörten das Führen der Kärtchen, das routinemäßige Lesen und erneute Lesen. Bei den Abständen hatte er sich an Lernkarten orientiert: schreiben, am nächsten Tag lesen, nach weiteren drei Tagen noch einmal lesen, nach einer weiteren Woche erneut lesen und einen Monat danach dann zum letzten Mal lesen. Das prägte sich gut ein. Trotzdem hatte er manche der ganz alten Karten vergessen.

Die Kärtcheneinträge für heute waren schon klar: Englischhausaufgabe und Englischlehrer. Auf der Rückseite der Karten stand: „Die Hausaufgabe ist voll beschissen. Wie soll sich ein intelligenter Schüler mit sowas auseinandersetzen?" Die zweite, Trophäe Nr. 2, trug die Bemerkung: „Herr Flonder stank nach Zigaretten. Eierfleck auf dem Hemd. War unverschämt zu mir."

Für die Beschreibung der Unverschämtheit war auf der DIN-A7-Karte kein Platz mehr. Er las die Aufgabe nochmals durch:

Nimm das Buch, das du im Projekt lesen sollst. Schlage eine Seite zufällig auf, tippe mit geschlossenen Augen auf eine Zeile. Wenn an dieser Stelle kein vollständiger Satz steht, kannst du den Anfang bzw. das Ende aus dem Original ergänzen. Übersetze den Satz und forsche nach unbekannten Begriffen. Nimm die Zeile, die sich beim ersten Aufschlagen zeigt – ein zweites Mal gilt nicht.

Er hatte schon fünfmal das Buch aufgeschlagen und fand die Stellen immer blöde. Zum Glück konnte Flonder seine Klasse nicht zu Hause überwachen. Ha! Boris hatte kurz mit dem Gedanken gespielt, eine fast leere Seite zu nehmen. Das wäre eine einfache Aufgabe. Aber er hatte keinen Bock auf Extraaufgaben, wie der megablöde Flonder die Strafarbeiten nannte. Der würde natürlich überzeugt sein, dass es Absicht war.

Schließlich war es ihm egal. Die nächste Zeile musste es sein. Sein Bleistift sauste durch die Luft und perforierte das Blatt ein weniger unter der Zeile: „Though she affected the airs of being a great deal older, Nimmo was really only six or seven years older."[*]

Er beugte seinen Kopf über das Buch und schrieb den Satz in sein Heft. Was für ein Käse! Er hatte es geahnt, eine Monsteraufgabe, die definitiv eine Trophäe Nr. 1 war. Flonder hatte schon genug Karten der Kategorie 1 gefüllt, da musste er heute mal mit Nr. 2 zurechtkommen. Boris kaute auf seinem Stift herum und schrieb schließlich: „Obwohl sie die Lüfte des ein großes Stück älter zu sein beeinflusste, war Nimmo wirklich nur sechs oder sieben Jahre älter."
Er las sich die Übersetzung durch. Hmmm, das machte kaum Sinn. Warum sollte irgendeine Frau Lüfte beeinflussen? Und dann noch das mit dem *Stück älter*. Da hilft nur die Methode Carla: PC einschalten, Google Über-

---

[*] Arundhati Roy: The Ministry of Utmost Happiness, London: Hamish Hamilton, Druck von Penguin Books 2017.

setzer aufrufen und los. Da kam zwar häufig – da hatte sie ihn auch gewarnt – Mist bei rum, aber oft machte es auch Sinn. Weniger Sinn zu machen als sein Versuch, konnte kaum möglich sein. Er schrieb den Originalsatz in das linke Feld. Das hieß „Sprache erkennen". Juchhu, Englisch wurde erkannt. Rechts stand der deutsche Text: *Obwohl sie den Anschein erweckte, viel älter zu sein, war Nimmo wirklich nur sechs oder sieben Jahre älter.*

Er kicherte. Ja, das klang tatsächlich ein wenig normaler. Zu recherchieren gab es nur den Nimmo. Er vermutete einen Vornamen. Bevor er aber danach suchte, machte er sich ein Späßchen mit Rückübersetzungen. Dazu gab er zuerst seine eigene Übersetzung links ein und stellte rechts auf Englisch. Na, da war er doch gar nicht so schlecht gewesen. Dort stand: *Although she influenced the airs of being a great deal older, Nimmo was really only six or seven years older.*

Er kicherte wieder. Er sollte Übersetzer werden. Dann würde sein Vater (insgesamt 23 Hasskärtchen erster Ordnung und 46 zweiter Ordnung, mehrere weil „zu altbacken", „viel zu alt für einen Vater" usw.), dessen Hobby ja mittlerweile Übersetzungen aus dem Englischen waren, stolz auf ihn sein. Jetzt noch die richtig klingende Übersetzung für die Rückübersetzung eingeben: *Although she appeared to be much older, Nimmo was really only six or seven years older.*

Das gefiel ihm besser als das Original, das hätte er auch ohne Google ins Deutsche übersetzen können. Sein

Vater hatte ihm erzählt, dass vor einigen Jahren dieses Hin- und Herübersetzen voll lustig gewesen war. Der Witz in diesem Fall war allerdings mäßig. Nun mal gucken, wer Nimmo ist. Der Autorenname klang indisch, da könnte das ein indischer Vorname sein. Oder war es eine Autorin? Müsste er später mal nachschauen, da würde Flonder wieder ein Riesending draus machen, wenn man dahingehende Trickfragen falsch beantwortete.

Eins fand er gleich heraus: Ein beliebter indischer Vorname war Nimmo keineswegs. Er schaute weiter und stieß auf eine eher zufällig angeordnete Zusammenstellung von Vornamen. Da kam Nimmo zwar vor, aber es überzeugte ihn nicht. Also tippte er nur *Nimmo Name* in die Suchzeile ein. Offenbar war es ein englisch-schottischer Nachname. Es gab immerhin eine Liste mit mehr als zwanzig Personen, die teils sogar bekannt waren. Ob es das war, was Flonder lesen wollte? – Ach, egal. Er schrieb einfach unter die Übersetzung: *Zu Nimmo habe ich mehr als zwanzig Einträge gefunden, die auf einen männlichen indischen Vornamen hinweisen. Das passt wohl auch für ein Mädchen.*

Zufrieden las er sich sein Werk durch. Er hatte keine einzige Seite füllen können, aber liegt nicht in der Kürze die Würze? Er schlug das Heft zu. Überhaupt: Warum mussten sie noch in Hefte schreiben? Es wäre sonst viel einfacher für ihn gewesen: Copy and Paste, fertig.

Er setzte seine Baseballkappe auf, schnappte sich sein Handy und lief die Treppe runter. Ohne jemanden zu sehen, rief er in den Flur: „Bin jetzt weg, weiß noch nicht, ob ich bis zum Abend wieder da bin." Seine Mutter (27 Kärtchen, meist wegen Aufräumen und Hausaufgaben) kam aus dem Wohnzimmer. Sie sah schon wieder so verquollen-verpennt aus, eklig. Sollte er vielleicht auch eine Eklig-Kartei einrichten?

„Wo gehst du denn hin?" Er antwortete nicht. Was ging sie das an? Nur weil sie seine Mutter war, hatte sie doch keinen Überwachungsfreischein. Außerdem würde sie sowieso wieder furchtbar meckern, wenn sie wüsste, dass er sich mit seiner älteren Schwester Liliane (5 Kärtchen zweiten Grades, Grund hatte er vergessen) und Carla treffen würde. Und dann könnte sie den Mund wieder nicht halten, würde das abends dem Vater erzählen. Während er über die Straße lief, äffte er seine Mutter nach: „Also Philipp, das geht nicht so weiter mit dem Jungen. Der trifft sich schon wieder mit dieser Carla!" Dann würde sein Vater sauer werden, ihm Hausarrest und noch mehr dieser langweiligen Erwachsenenstrafen verpassen. Bloß weg!

Boris freute sich auf das Treffen. Auch wenn bei ihnen zu Hause Carla praktisch nicht existierte, mochten Liliane und sie sich ganz gern und trafen sich hin und wieder. Carla hatte wohl einige Jahre in der Zeit vor Boris (ante Boris) auf Liliane aufgepasst, als diese noch klein war. Und sie hatte sich richtig gefreut, als sie Boris kennenlernte. Sie machte ihm ständig Komplimente und brachte ihm manchmal Kleinigkeiten mit. Nett. Warum also durfte er sie nicht kennen? „Das erklärt dir der Papa, wenn du erwachsen bist!", sagte seine Mutter. Vielleicht würde er Carla eines Tages mal fragen, warum das alles so gekommen war.

12. Kapitel: Carla und die Kinder

Philipp saß zusammengesunken auf dem Sofa. Er nahm zuerst nicht einmal die Anwesenheit von Carla wahr, die auf dem Stuhl ihm gegenüber saß und ihn musterte. Philipp sah für sein Alter immer noch gut aus. Zwar kannte sie besser aussehende Männer, die ihm ähnlich waren in Intelligenz, Geschick, Auftreten und Charme. Aber für Carla würde es nie einen anderen geben. Da waren ein paar kurze Episoden mit Kollegen oder Sportbekanntschaften, aber das war nie von Belang.

Sie war eine Erscheinung, die Eindruck hinterließ. Sehr gepflegt, die leicht getönten Haare reichten bis zum Kinn. Dank Kontaktlinsen kniff sie die Augen nicht mehr zusammen. Wenn sie einen Raum betrat, fühlte jeder: Da kommt eine Frau mit Ausstrahlung. Wie sich das gehört, war sie zu der Beerdigung in einem schlichten schwarzen Kostüm erschienen. Sie wusste, dass sie denselben Fehler – Philipp bedrängen – nicht wiederholen durfte. Er war genau der Typ Mensch, der auf Druck überhaupt nicht, allenfalls abweisend reagierte. So sehr sie es damals getroffen hatte, musste sie mit einigen Jahren Abstand sich selbst gegenüber zugeben, dass sie das

beeindruckte. Sie mochte keine schwachen beeinfluss-
baren Menschen.

Liliane und Boris hatte sie gut in der Hand. Sollte sie
es diesmal mit Philipp nicht vermasseln, könnte Boris
unter Umständen dennoch ein Problem werden. Manchmal tat er unvorhersehbare Dinge, und die waren nicht
immer fein. So hatte er in der letzten Schulklasse einer
Mitschülerin mit schwerer Katzenhaarallergie einen
Schal zum Geburtstag geschenkt. Dass in das weiche
Angoramaterial reichlich Katzenhaare eingearbeitet
worden waren, konnte er doch nicht wissen, nicht wahr?
Er tat schuldbewusst, aber Carla hatte sehr wohl das Glit-
zern in seinen Augen gesehen, als er stockend berichtete.
Sie mochte seine kreativen Ideen. Er stand jetzt kurz vor
dem Abitur. Der Tod seiner Mutter hatte ihn stark mitgenommen. Er würde eine neue Frau an Philipps Seite
niemals akzeptieren. Sie selbst würde aber ungern Opfer
seiner kreativen Einfälle werden. Sie könnte zwar mit
Sicherheit sehr gut Kontra geben, aber das würde eine
Atmosphäre schaffen, in der Philipp unglücklich wäre.

Am liebsten hätte sie sich neben Philipp gesetzt und
ihm den Arm gestreichelt, als Geste des Tröstens, nicht
im Sinne einer sexuellen Annäherung, natürlich nicht. Sie
verzichtete.

„Wo ist Boris?", fragte Carla.

Philipp sah auf. Seine Augen waren rotgerändert. „Der
ist vom Friedhof einfach weggerannt. Vermutlich will er
allein sein." Nach einer Pause setzte er hinzu: „Genau

wie ich, nimm's mir nicht übel." – „Natürlich nicht, ich verstehe. Wenn du meine Hilfe brauchst, sei es zum Reden oder zum Aufräumen, hier ist meine Handynummer." Sie schob eine Visitenkarte über den Tisch und stand auf. Er nickte mit gesenktem Blick.

„Danke." Er sah noch einmal hoch: „Ich habe ihr immer gesagt, sie soll endlich schwimmen lernen! Warum ist sie auch mit diesem alten Kahn auf den Baggersee gefahren? Das war doch sonst nicht ihre Art." Er verstummte.

Carla verließ das Haus und zog leise die Tür hinter sich zu. Ja, man lernt mit den Jahren dazu.

Philipp stand auf und holte sich ein Glas Wasser. Er dachte kurz an den Beerdigungskaffee. Was für eine erbärmliche Einrichtung! Es dauerte keine halbe Stunde, und die ganzen Verwandten, die sich teils jahrelang nicht mehr gesehen hatten, tauschten Neuigkeiten aus, sie lachten und bedienten sich. Sie waren keine hartherzigen Menschen: Er kannte sie doch. Kathrins Familie und sogar einige Verwandte von Corinna waren gekommen. Er saß nur geistesabwesend auf seinem Stuhl und beantwortete Fragen knapp. Er trank einen Schluck.

Er dachte an Carla. Er dachte an Corinnas Tod. Dann dachte er an Kathrins Asche in der Urne. Er dachte wieder an Carla, und Ekel stieg in ihm hoch. Er hatte keine Beweise, weder zu Corinnas Sturz noch zum Verlust ihres Babys, erst recht nicht zu Kathrins Tod. Soweit er wusste, war Carla nicht mal in der Nähe gewesen.

Kathrin hätte auch nie etwas zusammen mit Carla unternommen, sie mochte sie nicht besonders.

Möglicherweise hatte er auch Unrecht. Er hatte offenbar eine grausame Phantasie. Frieda und Walter, Carla und Corinna, Carla und ihr Ungeborenes und nun Carla und Kathrin. Er schüttelte den Kopf. Carla war ihm mittlerweile zwar unsympathisch, aber jemandem einen so mörderischen Charakterzug zuzuschreiben, das ging wohl doch zu weit.

Philipp schaltete den Fernseher ein. Er nahm nicht wirklich etwas wahr. Er rief seine digitale Fotosammlung auf und sah sich das letzte Bild an, das er von Kathrin gemacht hatte. Mutlos sank er zurück.

– Und jetzt?[*]

13. Kapitel: Max im Urlaub

Bertrams Sohn Max saß auf seinem frisch gemachten Bett und starrte Löcher in die Luft. Sein Vater hatte ihm heute Morgen eröffnet, dass sie im Urlaub nun doch nicht zu Hause bleiben müssten, weil sie kein Geld für eine richtige Reise hatten, sondern mal wieder zu seiner Oma fahren würden. Auch wenn Sylvia sich mit ihren Enkeln viel Mühe gab und ständig ein abwechslungsreiches Programm vorbereitet hatte, mochte Max es dort nicht. Alles war so altertümlich, und um ihn kümmerte sich niemand.

---

[*] Navid Kermani: Einbruch der Wirklichkeit. Auf dem Flüchtlingstreck durch Europa, München: C. H. Beck 2016.

Zwar begrüßte Sylvia ihn genauso herzlich wie seine Brüder Paul und Fabian, doch danach ging er unter, so als wäre er gar nicht da. Es gab Fabians Lieblingskuchen. Wenn Paul ins Kino wollte, gingen alle ins Kino, auch wenn er selbst, Max, ganz klar sagte, dass er den bekloppten Film nicht sehen wollte. Was er wollte, war im Grunde egal.

Das galt nicht nur in seiner Familie. Auch in der Schule kümmerte sich niemand groß um ihn. Nur wenn er mal den Unterricht schwänzte, dann waren alle plötzlich ganz aufgeregt. Das könnten sie sich dann auch schenken. War er mit seinen Mitschülern zusammen, war er für alle unsichtbar. Wenn er sich aber davonschlich, um heimlich etwas zu unternehmen, fiel das immer auf. Dann war da plötzlich statt seiner ein Loch, das offenbar im Gegensatz zu ihm selbst sichtbar war.

Max hatte mal gehofft, dass er wie andere Kinder auch Freunde haben würde. Aber egal, wie nett und positiv er sich verhielt und seine Aggressionen kontrollierte, kaum kam ein anderes Kind in den Raum, wurde er nicht mehr beachtet. Nur wenn er sich verdrückte, hieß es plötzlich: „Wo ist denn Max? Der war doch gerade noch da und hat so schön mitgespielt." Mitgespielt? Das wüsste er! Alle Spielfiguren waren vergeben, wenn er mitspielen wollte. Wenn bei einem Kindergeburtstag kleine Geschenke verteilt wurden, stand er zufällig so, dass er leer ausging. Er war zu stolz, sich zu melden: „Warum bekomme ich nichts?"

Einmal hatte er das gemacht, da sah die Mutter von Veronika ihn streng an: „Nun warte mal, bis du an die Reihe kommst, und drängel dich nicht vor!" Er musste andere Kinder vorlassen, weil er so ungeduldig war und nicht hatte warten wollen. Zum Schluss bekam er natürlich die Überraschungstüte, die viel weniger Inhalt hatte als die anderen. Von Veronika wurde er danach nicht mehr eingeladen.

Wenn die Familie an hohen Fest- und Feiertagen in ein Restaurant ging, konnte er drauf wetten, dass sein Essen zehn Minuten nach dem der anderen kam oder ganz vergessen wurde.

Egal.

Als er mittags aus der Schule heimkam, gab es wie gewöhnlich das Mittagessen für die drei Jungs. Seine Mutter fragte in die Runde, was es Neues gibt. Paul und Fabian berichteten von ihren wenig spannenden Erlebnissen. Max wollte von dem Eichhörnchen erzählen, das ihm auf dem Schulweg auf die Hand gesprungen war und die darauf liegenden Stückchen Brot geknabbert hatte. Das kleine Tier war so putzig! Es hatte mehrere Wochen gedauert, bis es ihm voll vertraute. Die kleine niedliche Nase, wie sie zitterte, wie die Pfötchen das Brot in die Schnauze beförderten. Sein Herz schlug höher. Wie erwartet, hörte ihm niemand bis zum Ende zu. Es war ja immer so: Entweder klingelte das Telefon, seinem Gegenüber fiel eine Aufgabe ein, die unbedingt erledigt werden musste, oder seine Mutter ermahnte die Kinder, das Essen nicht kalt werden zu lassen. Selbst Iris, ihre Hauskatze, beachtete ihn nur, wenn sonst niemand da war und sie Hunger hatte. Dann blickte sie ihn fordernd an, damit er Trockenfutter in ihre Schüssel schüttete.

Es wäre schön gewesen, wenn er wenigstens einen Menschen gehabt hätte, mit dem er solche Erlebnisse wie mit dem putzigen Eichhörnchen hätte teilen können. Er war sich mittlerweile bewusst, für andere unsichtbar zu sein – und darauf vorbereitet.[*]

Er hatte sich darauf gefreut, in den Ferien täglich zu dieser Stelle zu gehen und das Eichhörnchen zu füttern. In die klugen braunen Augen zu schauen, ihm das Fell zu streicheln, bis es ganz ruhig war und sein Herz nicht mehr vor Angst pumpte. Am nächsten Tag hatte er noch einmal Gelegenheit, sein Eichhörnchen zu treffen. Es war so zutraulich! Er erzählte ihm von seinem Kummer, und es hörte aufmerksam zu.

Würde es ihn überhaupt noch wiedererkennen, wenn er nach vier Wochen aus den Ferien zurückkäme? Er streichelte das Tier, das langsam wieder unruhig wurde, nachdem es einige Minuten bewegungslos auf seinem rechten Arm verharrt hatte. Er setzte das Tier ab, und es flitzte sofort in die Büsche.

Max hatte überlegt, dass er es in den Rucksack stecken und mitnehmen sollte. Dann hätte er es allerdings betäu-

---

[*] Elif Shafak: Der Geruch des Paradieses, Zürich/Berlin: Kein & Aber 2016.

ben müssen. In so einem geschlossenen Rucksack würde das Tier sonst vor Angst sterben.

Ein Freund, mit dem er reden konnte. Und er musste weg. Max trat mit dem Fuß gegen die Steine, die den Weg begrenzten. Er ging langsam nach Hause. Es musste eine Lösung geben, wie er das Eichhörnchen mitnehmen könne. Er war das unsichtbare Leben so leid.

14. Kapitel: Nach der Geburtstagsfeier

Anton genoss den Frieden in der Wohnung, nachdem er im *Goldenen Schützen* mit der ganzen Familie seinen Geburtstag groß gefeiert hatte. Es war schön, alle wiederzusehen. Zumindest diejenigen, die noch lebten. So war das, wenn man älter wurde. Er erfreute sich an seinem hoffnungsvollen Nachwuchs, den lieben Enkeln und Urenkeln. Manche waren ein bisschen eigenartig, wie Boris. Der war aber als Säugling schon so merkwürdig gewesen. Corinna war nun bereits einige Jahre tot, was Anton immer noch schmerzte. Deswegen lud er Philipp regelmäßig mit ein, auch wenn er mit einer anderen Frau verheiratet war. Oder war das seine Tochter Liliane, die mit im Restaurant gesessen hatte, und nicht Kathrin?

Anton hatte die Geburtstagsfeier als Erster verlassen. Er wollte auf keinen Fall die Fortsetzung seiner Krimiserie. Ja, ja, er wusste, dass es in der Mediathek noch einige Monate lang möglich war, sie anzuschauen. Aber vor einer Weile hatte er die Daten auf der Festplatte seines Laptops zu Hause mit einem Spezialprogramm sorgfältig gelöscht. Dann hatte er die Festplatte formatiert und den Laptop beim nächsten Sperrmülltermin nach draußen gestellt. Der ging schnell weg, obwohl er schon sechs Jahre auf dem Buckel hatte. Anton wollte mit diesem ganzen technischen Zeug nichts mehr zu tun haben. Fernsehen fand er zur festen Sendezeit aufregender. Einzig so ein tragbares Telefon hatte er sich von seiner Familie aufschwätzen lassen. Gut, gut, dann konnte er im Notfall jemanden anrufen. Das war der Familie wichtig. Ein schönes simples Seniorenhandy. Ihn störte es schon lange nicht mehr, dass er zu den Senioren gezählt wurde – immerhin war er das ja. Mit über 90 Jahren ist man nicht mehr im besten Alter, auch wenn man ärztliche Prognosen um einige Jahre überlebt hat. Er kicherte. Schade, dass seine Margarete jetzt schon fast zwei Jahrzehnte unter der Erde lag, sie hatte sich mehr für Technik interessiert. Er bestand aus Trotz noch immer darauf, alle Bankgeschäfte persönlich am Schalter zu erledigen. Er dachte gar nicht daran, sich am Onlinebanking zu beteiligen. Erstens war es gefährlich, das las man immer wieder, und zweitens sah er nicht ein, dass er den Bankmitarbeitern die Arbeit abnahm.

Wenn es sein musste, konnte er sich aber schnell in Neues einarbeiten. Das überraschte seine Verwandten immer wieder: Sie gingen davon aus, dass alles Technische seine Auffassungsgabe überschritt. So hatten sie sehr gestaunt – er grinste breit, als er daran dachte –, wie schnell er den neuen Fernseher zum Laufen bekommen

90

hatte. Ohne Hilfe eines Technikers! Ohne dass einer seiner Verwandten vorbeikommen musste. Er war ja nicht dumm, sah nur einiges nicht ein. Er fuhr auch noch Auto, was die Familie ebenfalls entsetzte.

„Man sollte wissen, wenn man aufhören muss!", hörte er sie hinter seinem Rücken flüstern. Um allem weiteren Gerede vorzubeugen, hatte er vor einem halben Jahr einen freiwilligen Fahrtest gemacht. Das Ergebnis hatte er sich gerahmt und an die Wand gehängt. Da konnten es alle sehen und endlich den Mund halten.

Nachdem er die neueste Folge seiner Krimiserie angeschaut hatte, schaltete er den Fernseher aus. Sein Neffe Werner müsste in wenigen Minuten vorbeikommen. Er hatte keine Ahnung, was er so spät noch von ihm wollte und warum er das nicht während der Feier mit ihm hatte besprechen können. Aber er freute sich auf den Besuch. Werner junior war ganz wie sein Vater, deshalb konnte Anton ihn gut leiden. Er hatte damals seinem Bruder gesagt, er solle den Sohn nicht auch Werner nennen. Das führe doch immer zu Verwechslungen. Aber sein Bruder war stur geblieben.

Anton ging in die Küche und machte sich eine Tasse Kaffee. Während die Kaffeemaschine vor sich hin blubberte, öffnete er die kleine Spülmaschine und räumte die sauberen Teile in den Schrank. Die Schüssel seiner Küchenmaschine setzte er wieder in die Basis ein. Die elektrischen Geräte waren alle Anschaffungen von Margarete. Vor allem die Küchenmaschine hätte ihm seine

Großnichte Maria, Annes Tochter aus ihrer ersten Ehe, gern abgeschwätzt.

„Die Maschine ist echt super", hatte sie ihm erklärt, „aber die ist kompliziert zu bedienen. Und so ohne Rezepte aus dem Internet zeigt sie gar nicht so recht ihre vollen Fähigkeiten." – „Ah ja", antwortete Anton. „Komm, dein Tee ist fertig, lass uns im Wohnzimmer sitzen."

Als ob er dieses tolle Gerät weggäbe! Es war zum Suppekochen ideal, ebenso für Rohkost. Er achtete darauf, dass er vernünftig aß, auch jetzt, wo Margarete schon lange vor ihm gegangen war. Das hatte er ihr in ihren wachen Momenten noch versprechen müssen.

Wenn er anderen davon berichtete, dass Margarete dement gewesen war, bemitleideten ihn alle. „Das muss für euch doch furchtbar gewesen sein, als ihr die Diagnose erfahren habt!", war der allgemeine Tenor. Anton nuschelte dann etwas vor sich hin. Wie konnte er jemandem glaubhaft vermitteln, dass Margarete und er in dieser Zeit viel Spaß gehabt hatten? Als der Arzt ihnen die Diagnose mitteilte, schwieg Margarete eine Weile. Dann drehte sie sich zu Anton hin: „Ich habe Hunger auf einen Schmalzkringel. Lass uns ins Café gehen!"

Der Arzt hatte wohl erwartet, dass sie ihm Fragen nach Verlauf, Lebenserwartung, Pflegemöglichkeiten usw. stellen würden. Nichts. Er schüttelte den Kopf. Sie waren immer etwas speziell gewesen, anders als der Großteil ihrer Familie.

Damals im Café genossen Anton und Margarete in aller Ruhe einen Schmalzkringel, ein Stück Heidelbeerstreusel und zwei Tassen Kaffee. Anton hatte etwas Geld mit seiner Bankkarte abgehoben, denn Margarete konnte sich die PIN einfach nicht mehr merken.

Sie lachte dann immer: „Stell dir vor, mir wird die Karte geklaut, und der Dieb will von mir die Nummer wissen. Da gebe ich ihm, ganz unabsichtlich, dreimal die falsche – dann wird die Karte eingezogen. Pech für ihn."

Auch an diesem Tag im Café sprudelte Margarete vor Heiterkeit, sie steckte Anton damit an.

„Wir werden noch viele lustige Zeiten haben, Anton. Wenn ich anfange, die Wörter zu vergessen, ist das doch lustig. Wenn ich falsche Sätze bilde, lass uns drüber lachen. Wenn du den Schlüssel zur Toilette im Kühlschrank findest – das kommt in Komödien immer gut. Demenz hat so viel Witz, wenn man sie nur richtig nimmt."

Anton bewunderte seine Frau. Jeder andere wäre unter dieser Diagnose zusammengebrochen. Margarete ließ sich nicht unterkriegen.

„Weißt du, und wenn ich eines Tages nicht mehr über mich selbst lachen kann, weil ich nichts mehr mitbekomme, dann lach du für mich mit."

Da war dieses Weihnachtsfest gewesen, sie hatten die Verwandten eingeladen. Die Kleinen spielten. Anton tischte Torte und Lebkuchen auf. Eines der Kinder spuckte den Lebkuchen aus. „Bäh, das schmeckt ja fies!"

Dabei waren es besonders gute Lebkuchen mit reichlich Orangeat und Zitronat. Margarete tröstete den Kleinen: „Du musst hier nichts essen, was du nicht magst. Wie wär's mit einer Eierlikörkugel?"

Einige der Gäste warfen Margarete entsetzte Blicke zu. Wie konnte man einem Kind eine Schokokugel anbieten, die mit Eierlikör gefüllt war? Überhaupt war Margarete ein bisschen merkwürdig. Das war ihnen beim letzten Geburtstag schon aufgefallen. Sie vergaß viel. Sie fuhr nicht mehr Auto, obwohl sie früher eine begeisterte Fahrerin gewesen war. In der Familie wurde getuschelt, dass sie vielleicht dement sei. Anton ging solchen Anspielungen immer aus dem Weg. Was wussten sie alle schon über Respekt und Würde?

Das Kind aß die Schokokugel mit Vergnügen. Es biss sie leicht an, saugte den Eierlikör heraus und schob sich die leere Schokohülle in den Mund. Offenbar schmeckte es ihm. Der Kleine wollte noch eine zweite nehmen und sah Margarete fragend an, die freundlich lächelte. Seine Mutter wollte Margarete nicht im Beisein aller widersprechen, sie nahm ihrem Sohn die Kugel aus der Hand und lenkte ihn ab. In dem Alter ging das noch einfach.

Margarete schaute verträumt auf die Lebkuchen und lächelte. Sie bat Anton um Zettel und Stift, schrieb etwas darauf und legte es auf den Tisch. Die Anwesenden lasen:

„Ja, ja, die Jugend. Was wünschen sie auch anderes in diesem Leb*kuchen als eine Eierliqörfüllung." Dann lachte sie mit Anton laut darüber. Die Familie war befremdet, einige warfen sich vielsagende Blicke zu.

Anton erinnerte sich noch gut an dieses letzte gemeinsame Weihnachten. Margaretes klare Momente wurden seltener, aber sie zeigte nie die Angst anderer Demenzkranker vor den nächsten Stadien. Wenn sie wieder aufnahmefähig war, wollte sie von Anton wissen, was sie alles für Blödsinn gemacht und gesagt hatte. Auch darüber lachten sie.

Anton hatte damals die Zukunft nicht geplant. Er lebte nach dem Prinzip, erst dann über Lösungen nachzudenken, wenn das Problem akut war. Er baute weder die Wohnung barrierefrei um, noch kümmerte er sich um Pflegedienste oder Pflegeheime. Dafür war später Zeit genug. Mit seiner Unterstützung kam Margarete noch irgendwie über den Tag.

Er schloss die Wohnungstür von innen ab. Sie hatte zugestimmt. Zu dumm, wenn sie wegliefe und vielleicht den Weg nicht zurückfände. Als er an einem Dienstagabend schnell den Müll hinaustrug, hatte er die Tür nicht von außen abgeschlossen. Für eine so kurze Zeit war das bisher immer gut gegangen.

Diesmal allerdings nicht. Laut mit kindlich hoher Stimme singend zog Margarete an ihm vorbei, als er

---

* Erasmus von Rotterdam: Das Lob der Torheit, Stuttgart: Reclam 2004.

draußen am Müllcontainer stand. Er rief sie, er lief hinter ihr her, aber er konnte sie nicht einholen, da er vor zwei Wochen beim Fensterputzen von der Leiter gestolpert war und sich das Fußgelenk verstaucht hatte.

Sie lief so flink, wie er sie lange nicht mehr gesehen hatte, bis zur Hauptstraße, bis zur Brücke. Sie kletterte die Steinblöcke hinauf. Er hetzte sich ab, er rief um Hilfe, aber niemand hörte ihn. Kurz stand Margarete oben auf dem Sims, dann schwang sie die Arme und sprang, als wolle sie losfliegen.

„Sie war sofort tot", tröstete ihn der Rettungssanitäter. – „Kann ich sie noch mal sehen?" Der Mann nickte und zog die Decke zur Seite.

Anton sah seine tote Frau an. Er konnte es nicht glauben: Sie lächelte! Er war nicht wirklich traurig. Innerlich hatte er schon vor Monaten Abschied von ihr genommen. Sie hatte sich und nicht zuletzt auch ihm eine Menge erspart, obwohl sie das kaum gewusst haben konnte.

Nein, danke, eine Begleitung brauchte er nicht. Es war ja nicht weit nach Hause. Die Haustür stand sperrangelweit offen. Auf dem Küchentisch lag einer der selbstklebenden Zettelchen, auf denen er für Margarete vor zwei Wochen die Namen von Gegenständen aufgeschrieben hatte, wobei es in letzter Zeit für sie immer schwieriger geworden war, zu lesen und zu verstehen.

Auf dem Zettel stand in seiner ordentlichen Handschrift *Tassen*. Krakelig daneben musste sie, kurz bevor sie aus der Wohnung gestürmt war, noch etwas geschrieben haben. Es war nicht zu entziffern. Er drehte den Zettel so, dass er die Schrift lesen konnte, wie er dachte. Da sah er, dass es keine Schrift war. Sie hatte ihm ein Herz gemalt. Es war kaum noch als solches zu erkennen.

Nachbarn und Verwandte staunten, wie gefasst, ja förmlich heiter Anton nach dem Tod seiner Frau war. Es war schon etwas merkwürdig, ein bisschen Trauer über ihr schreckliches Ende wäre doch wohl angebracht. Oder auch ein bisschen bedrückt sein, dass sie dement geworden war. Gut, dass er ein wenig erleichtert war, dass die ganze Arbeit nun nicht mehr nötig war, das gestand man ihm zu. Aber fröhlich lächelnd die Tür zu öffnen, wenn man sein Beileid ausdrücken wollte, das war schon etwas befremdlich.

Antons Gedanken kehrten in die Gegenwart zurück, als es an der Tür klingelte.

„Hallo Werner, komm rein." Sie umarmten sich. „Magst du einen Kaffee? Der ist frisch!" Werner schüttelte den Kopf. „Ich trinke keinen Kaffee mehr, mein Herz, du weißt." – „Ein Glas Sprudel?" – „Oh ja, gerne, ich habe meine zwei Liter Flüssigkeit heute noch nicht intus." Es entstand eine kleine Pause.

„Trinkst du genug, Onkel Anton?" Anton verdrehte innerlich die Augen. „Ja, ja, das reicht schon."

Werner sah sich in der Wohnung um. Sie war aufgeräumt, aber nicht so ganz sauber. Sein Onkel baute doch ab.

„Also, wir ...", begann er. Anton lächelte ihn ermunternd an. „Es kommt doch langsam die Zeit, dass du nicht mehr allein leben solltest." Anton wollte etwas sagen, schwieg dann aber. „Und wir, also wir denken, es ist einfacher, wenn du jetzt schon Pläne machst. Für die Zeit, also, ähm, wenn es dir vielleicht nicht so recht gut geht." – „Du weißt aber schon, dass ich vor gar nicht allzu langer Zeit meine Fahrtüchtigkeit nachgewiesen habe?" – „Ja, ja, weiß ich. Aber vergiss nicht, in deinem Alter, da kann das manchmal schnell gehen. Und wir machen uns einfach Sorgen." – „Braucht ihr nicht." – „Onkel Anton, sei nicht so stur. Du weißt genau, denk an Tante Margarete, das geht nicht ewig so weiter. Ohne dich wäre sie auf fremde Hilfe angewiesen gewesen." Dabei blickte er in Richtung des leicht verstaubten Fensterbretts. Anton folgte seinem Blick.

„Da hast du recht, Werner. Ich werde mich nächste Woche nach einer Putzhilfe umsehen. Dafür reichen die Finanzen." Werner atmete tief durch.

„Also, wir hatten eher an so etwas gedacht, äh, wie eine Seniorenwohnung." – „Ach ja?" – „Das ist toll, du musst dich um nichts kümmern, kannst sogar eigene Möbel mitbringen. Führst solange noch ein selbstständiges Leben, bis es nicht mehr ...". Er verstummte.

„Hast du Prospekte dabei?" Werner nickte und griff in seine Jackentasche, um ein paar Flyer herauszuziehen. Anton sah sie sich an.

„Sehr schön. Hast du dich schon angemeldet? Ich habe gehört, dass Hella so ein bisschen kränkelt und Probleme beim Laufen hat. Das ist vernünftig, wenn ihr nicht zu lange wartet." Anton lächelte spitzbübisch.

Werner hatte nicht damit gerechnet, dass sein Onkel schon so abgebaut hatte. „Er kapiert nicht mal mehr, was ich ihm sage", überlegte er. „Was mache ich denn jetzt? Entmündigen ist wohl keine Option."

Schließlich setzte Anton ihn sanft vor die Tür: „War schön, mit dir zu plaudern, Werner. Es tut mir auch echt leid, dass es Hella so schlecht geht. Und schicke mir mal die Adresse von dem Heim, für das ihr euch entschieden habt. Ich komme euch gern besuchen."

Er umarmte Werner an der Tür, schloss ab und ging zu seinem Sessel. Er fröstelte. Es war so ein Tag, an dem die Heizung aufgrund der sommerlichen Wärme abends trotz niedriger Temperaturen noch nicht ansprang. Anton legte sich eine Decke über die Oberschenkel und schenkte sich ein Glas Wasser aus der Karaffe ein. Zum Glück hatte er nur die ersten fünfzehn Minuten seiner Serie verpasst.

Er lächelte und lehnte sich behaglich zurück. „Prost Margarete", er hob sein Glas, als wolle er mit ihr anstoßen. „Der Werner ist echt ein herrliches Kerlchen, vor allem, wenn er versucht, mir was unterzujubeln. Da hat er sich nicht verändert." Er kicherte und widmete sich seinem Krimi. Zwischendurch stand er auf, holte sich sein Notizbuch und schrieb: „Putzhilfe organisieren" auf eine Seite, die er herausriss und auf den Tisch legte. Er dachte an Margarete. Als sie noch recht helle war, hatte sie einmal zu ihm gesagt: „Weißt du, Toni, wenn ich wirklich Demenz habe, geht es mir besser als den armen Krebskranken. Die empfinden fast bis zum Ende nur Schmerzen, Übelkeit usw. und haben Angst vorm Tod. Ein Demenzkranker hat nichts zu befürchten, so lange er sich in sein Schicksal fügt. Wenn es dann zu Ende geht, bekommt er das vermutlich nicht einmal mehr mit."

Anton dachte an seinen Bruder Werner, an Werner junior mit seiner Frau Hella. Immer schon mit wenig Humor ausgerüstet, würden sie bald in der Seniorenresidenz hausen und auf den Tod warten. Er würde sie dann besuchen. Vielleicht konnte er sie aufheitern.

15. Kapitel: Nisans Geheimnis

Nisan beugte den Kopf nach vorn: „Diese Siegelmasse ist ein Rezept von meinem Großvater in Gaziantep. Sie bleibt eins vom ersten Tropfen bis zum letzten. Du brichst das Siegel, und[*] dann wirst du mich heiraten."

Boris hasste Nisan. Sie hatte mehrere Hasskärtchen in seiner Sammlung. Warum sagte sie solche Sachen? Er gedachte keinesfalls, sie zu heiraten.

Sie war ihm schon im Kindergarten aufgefallen. Sie war kleiner als er, trug meistens rosa oder weiße Kleidchen und dicke Strumpfhosen. Er hatte mit der kleinen Nervensäge zusammen Domino gespielt und verloren. Da hasste er Nisan bereits. Sie hatte ihn angelächelt, dabei

---

[*]   Georg Büchner: Leonce und Lena, Altenmünster: Jazzybee o. J.

eine breite Zahnlücke gezeigt, und gefragt: „Wie heißt du?"

Boris hatte da erst wenige Tage den Kindergarten besucht, und dies war ihr erstes Gespräch. Er wollte eigentlich nicht antworten, wusste aber, dass er höflich sein musste. Sonst gäb's einen Anschiss von einer Erzieherin. Das hatte ihm sein Vater erklärt, der offenbar seinen kleinen Sohn gut kannte.

„Boris. Und du?" – „Boris", wiederholte sie. Dabei rollte sie das r. – „Nee, ich heiße Boris, nicht Borris." Mist, er konnte das r nicht so gut rollen. „Wie heißt du denn nun?", er wurde langsam ungeduldig.

„Mein Onkel heißt auch Boris. Und ich heiße Nisan." – „Hahaha, du heißt ja wie ein Auto!"

Nisan verdrehte die Augen. „Nee, hörst du den Unterschied nicht? Ich heiße *Nissán*, nicht Níssan. Das heißt April."

Im Geiste malte er ein neues Hassbild. Er sang vor sich hin: „April, April, der weiß nicht, was er will. Mal Regen und mal Sonnenschein, dann schneit's auch wieder zwischendrein." Er streckte ihr die Zunge raus.

Nisan war ein wenig altklug, was ihr durchaus bewusst war. Das mit ihrem Namen kannte sie schon zur Genüge. Sie war vorbereitet: „Du kennst ja nicht mal das richtige Gedicht, nur seine Kurzfassung." Sie rezitierte:

„April, April, der weiß nicht, was er will. Bald lacht der Himmel klar und rein, bald schau'n die Wolken düster drein, ..."

101

„Nervensäge", unterbrach er sie und ließ sie stehen.

Dieser Zusammenstoß hatte nicht wie in vielen kitschigen Romanen zu einer dicken Freundschaft geführt.

„Für sie bin ich genauso ein Nichts wie für alle", notierte er, als er schreiben gelernt hatte, auf Hasskärtchen Nummer 3. Er wollte es vor sich selbst nicht zugeben, aber irgendetwas faszinierte ihn an ihr. Wenn sie ausnahmsweise mit ihm spielen wollte, weil sonst niemand da war, gab er großzügig nach. Irgendwie gerieten sie immer in Streit. Und dann ging sie auch noch in dieselbe Schule wie er, die Fabian-Hohenreiter-Gesamtschule. Da sie keines der anderen Kinder in der Klasse kannten, setzten sie sich nebeneinander.

Boris hasste sich selbst. In der Pubertät entdeckte er, dass Nisan ein bei Jungs beliebtes Mädchen war. Keiner zog sie mehr mit ihrem Namen auf. Sie trug auch keine rosa Kleider mehr mit diesen Strumpfhosen, sondern modische Jeans und T-Shirts. Sie war klein für ihr Alter, hatte lange dunkle Haare und pechschwarze Augen. Außerdem war sie lustig. Deshalb hatte sie einen großen Freundeskreis. Mit Faszination beobachtete Boris, wie sich über ihrer Oberlippe sanfter Flaum entwickelte und ihre Augenbrauen, die schon immer dicht gewesen waren, sich fast in der Mitte trafen.

„Total hässlich", sagte er zu sich selbst. Trotzdem schaute er sie oft an, wie er hoffte unbeobachtet. Er spielte sich als ihr Schutzengel auf. Wenn einer der Jungs aus den oberen Klassen anzüglich wurde oder ihr zu nah kam, musste er mit Flüchen und einer blutigen Nase rechnen. Nicht etwa, weil ihm etwas an ihr lag. Aber er konnte damit vor seinen Eltern protzen, die ja stets gutes Benehmen von ihm erwarteten. So konnte er den Hass auf Nisan an den anderen Jungs auslassen.

Eines Tages bat sie ihn um Hilfe. Geografie war nicht so ihre Stärke, da konnte er helfen. Nisans Eltern bezahlten die Nachhilfe gut. Wenn sie dann bei ihm zu Hause vorbeikam, waren seine Eltern immer hin und weg.

„So ein hübsches Mädchen! Und so freundlich, da hast du eine nette Freundin." – „Sie ist nicht meine Freundin, nur eine Klassenkameradin", zischte er dann. Kathrin und Philipp sahen sich bedeutungsvoll an und grinsten.

„Ja, klar, sorry."

Und jetzt hatte Nisan ihm zu seinem sechzehnten Geburtstag diesen Brief gegeben und vor seinen Augen versiegelt. Manno, was für ein Quark. Für alle tollen Mädchen war er ein Niemand, nur plötzlich für sie nicht?

„Ach ja, danke", sagte er höflich. „Was ist eigentlich, wenn ich das Siegel nie breche?"

Nisan lächelte ihn an, mit diesem penetranten Mädchenlächeln. Sie hatte eine kleine Lücke zwischen den beiden Schneidezähnen.

„Niedlich, oder?", hatte seine Mutter das einmal kommentiert. Er hatte den Kopf geschüttelt.

Nisan antwortete ihm: „Ich habe noch nie gehört, dass jemand das Siegel nicht bricht. Schon aus Neugier. Denn wenn du den Brief liest, erfährst du mein Geheimnis." –

„Ah ja." Als ob ihn ihre Geheimnisse interessierten. Andererseits ... er wurde von allen Mädchen ignoriert, nur nicht von dieser Nervensäge. Obwohl sie ihn ebenfalls ignorierte, wenn sie nicht allein waren.

Vielleicht könnte er sie mit einem Heiratsangebot dazu bringen, mal all die schmutzigen Dinge zu tun, die er sich hasserfüllt abends im Bett bei seiner heimlichen Lektüre so vorstellte. Wirklich heiraten musste er sie dann ja nicht. Dieses Siegel würde schön geschlossen bleiben. Falls ihn doch die Neugierde überkäme, müsste er ihr gar nicht sagen, dass er es gebrochen hatte. Gute Lösung. Er nahm seine Hasskärtchen und füllte ein neues für Nisan aus.

16. Kapitel: Falsche Wahl

Gerhard Keller war der Bruder von Annes erstem Mann Frank. Er war ein begeisterter Leser. Es gab jedoch eine besondere Sorte Bücher, die ihn furchtbar aufregte, nämlich die, in denen viele Gestalten gleichzeitig auftraten oder mehrere Protagonisten ähnliche Namen hatten. Kürzlich hatte er *Wuthering Heights* von Emily Brontë gelesen. Das war genau so ein Buch. Irgendwelche Typen, deren Vornamen oder Nachnamen, wer weiß das schon, mit H begannen. Auf Seite 85 hatte er total den Überblick verloren. Auf Seite 107 hatte er sich zu den Namen einfach neue Figuren gezimmert, die er dann auseinanderhalten konnte. Ob die noch etwas mit denen der ersten Seiten zu tun hatten, war ihm egal. Immer wieder nahm er sich vor, beim Lesen kurz Notizen zu machen.

Genauso erging es ihm bei Filmen. Eine romantische Komödie? Wunderbar zum Abschalten! Und dann waren beide weiblichen Hauptdarstellerinnen in ähnlichem Alter, blond und hatten ein rundes Gesicht. Bis er heraushatte, wer die Böse und wer die Gute war, kam schon die nächste Sendung. So erzählte er es immer, aber er wusste selbst, dass das eine Übertreibung war. Spätestens bei der Auflösung, wenn die eine Blonde von einem Mann umarmt wurde und die andere ins Gefängnis abgeführt wurde, hatte er Klarheit.

Gerhard hatte sich vor einigen Jahren von einem Psychologen untersuchen lassen, ob er möglicherweise an einem Defizit leide. Seine Frau Nadine war groß, brünett mit braunen Augen. Ihre Freundin Anne war nur wenig kleiner, rötlich brünett und hatte ebenfalls braune Augen. Vielleicht ein anderer Braunton, aber das reicht nicht für eine Unterscheidung, fand er. Er hatte die Fröhlichere der beiden ansprechen wollen, und als er Anne, wie er meinte, zufällig allein in der Stadt traf, lud er sie spontan zu einem Kaffee ein. Sie sagte zu. Und so kam es, dass er die Falsche heiratete. Er hatte Nadine angesprochen, obwohl er Anne meinte, die dann seinen Bruder Frank heiratete. Kein Wunder, dass deren Ehe nicht gehalten hatte. Ha ha ha ha. Nur wenige lachten.

Der Psychologe fand nichts Pathologisches. Pathologisch? Das klingt nach sezieren. Warum konnte der Psychofritze nicht einfach sagen: „Bei Ihnen liegt nichts Krankhaftes vor"? Das löste keine Messer-Assoziationen aus. Dennoch ging Gerhard weiter hin, denn die Krankenkasse hatte ihm zweimal zwölf Sitzungen genehmigt. Auch der Psychologe meinte, es könnte ihm nicht schaden, seine gesamte Psyche durchleuchten zu lassen. Hatte er Angst im Dunkeln? Nein. Wurde ihm schwindelig, wenn er Serpentinen fahren musste? Nein. Hatte er einen Widerwillen gegen Spinnen? Nein. Gegen Würmer? Gerhard witzelte: „Na, in der Suppe möchte ich sie nicht haben." – „Sehen Sie, wir haben die Schwachstelle gefunden!"

Manchmal war sich Gerhard nicht sicher, wer die Therapie brauchte: er oder der Psychofritze. Er erzählte dies aber im Bekannten- und Freundeskreis immer seltener. Offensichtlich verbot es die Political Correctness, Psychologen als verhinderte Psychopathen zu bezeichnen. Nun gut. Er ging weiterhin zu den Sitzungen.

„Da nichts anderes vereinbart wurde, machen wir eine Verhaltenstherapie. Oder sollten wir mehr in Richtung Analyse gehen? Dann muss das bei der Krankenkasse beantragt werden." – „Wo ist der Unterschied?" – „Nun, bei einer Verhaltenstherapie werden Sie, um es grob zu sagen, an Würmer gewöhnt, bei einer Analyse forschen wir nach den Ursachen Ihrer Phobie. Allerdings bezweifle ich, dass dann 24 Stunden reichen." Dr. Roflings Augen glitzerten gierig hinter den Brillengläsern.

106

„Das ist wieder eines deiner Vorurteile!", herrschte ihn Nadine an, als er ihr das erzählte.

Gerhard entschied sich für die Analyse, gedachte aber nicht, wirklich alle Sitzungen wahrzunehmen. Am Ende der dritten Sitzung fragte ihn Dr. Rofling plötzlich: „Werden Sie häufig mit Gottfried Keller verwechselt."

Gerhard überlegte. War der nicht schon tot? Und warum sollte ihn jemand mit einem Toten verwechseln? Er entschied sich, nach der Sitzung im Internet zu recherchieren, wer denn dieser Gottfried Keller überhaupt genau war. Warum den Doktor nicht glücklich machen? Er bejahte die Frage nach der Verwechslung.

In der vierten Sitzung betonte Rofling gleich zu Beginn, wie wichtig es sei, dass sein Patient diesem Übel der Verwechslung entschieden entgegentrete. Das würde sein Selbstwertgefühl mächtig stärken.

Gerhard fand nicht, dass es ihm daran mangelte, aber was machte das schon. Langsam war er es leid. Wenn diese Sitzung wieder so fruchtlos verliefe, würde er die Therapie abbrechen. Die noch ausstehenden Termine würde er per E-Mail absagen.

Rofling schlug ein Rollenspiel vor. Er, Rofling, spiele einen Beamten, der ihn mit einem falschen Namen ansprach, und Gerhard sollte sich mit seinem Vornamen durchsetzen.

„Sie müssen laut schreien, wie Sie wirklich heißen! Lassen Sie es raus, den ganzen Ärger über diese Vornamensverwechslung. All das, was Sie jahrelang hinuntergeschluckt haben, können Sie herausschreien, hier in meiner Praxis. Sie werden mir in der nächsten Sitzung dann beschreiben, wie sich ihr Befreiungsgefühl geäußert hat." Rofling legte Block und Stift vor sich auf den Schreibtisch.

„Äh, Herr Doktor, ich will Sie ja nicht zurechtweisen, aber bei uns auf'm Amt schreibt niemand mehr was auf Papier, das wird alles gleich in den PC getippt."

Dr. Rofling sah ihn strafend an.

„Das ist ein Rollenspiel, Herr Keller. Bitte verderben Sie nicht gleich alles durch Spitzfindigkeiten. Gehen Sie vor die Tür, klopfen an und kommen herein, sobald ich ‚herein' gerufen habe. Dann fordern Sie Ihren neuen Pass, den Sie vor zwei Wochen beantragt haben. Und dann schauen wir mal, was passiert."

Gerhard verkniff sich die Bemerkung, dass es kein Amt in diesem Land gebe, bei dem Antragsteller innerhalb dieser sensationell kurzen Zeit einen Reisepass erhielten. Er stand auf und verließ den Raum. Er zog die Tür zu, wischte sich den Schweiß von der Stirn und klopfte an den Holzrahmen.

„HEREIN!", tönte es von drinnen.

Gerhard betrat das Zimmer und bemerkte, dass Rofling eine andere Brille aufgesetzt hatte. Nicht mehr so ein stylisches Designerteil zierte seine Nase, sondern ein schlichtes rundes Metallgestell. Vorne am Schreibtisch stand ein Namensschild aus Papier mit der Aufschrift *Dr. Dr. Semmelmeier – Einwohnermeldeamt.*

„Was kann ich für Sie tun?", lispelte Semmelmeier alias Rofling.

Gerhard überlegte, ob Rofling zu Hause wohl eine Eisenbahn aufgebaut hatte und mit Mütze und echter Kelle den Bahnhof kontrollierte.

„Ja, also, Herr Semmelmeier ..." – „*Doktor* Semmelmeier", fauchte Rofling ihn an.

„Oh, 'tschuldigung. Guten Tag, Herr Doktor Doktor Semmelmeier ..."

Rofling unterbrach ihn sofort: „Man wiederholt bei einer mündlichen Begrüßung doch den Titel nicht, auch wenn es zwei sind. Ich bin jetzt ganz raus aus meiner Rolle. Bitte gehen Sie noch einmal nach draußen."

Gerhard ging brav vor die Tür. Er ertappte sich bei dem Gedanken: „Wie krank muss der sein?"

Er klopfte, wurde hereingebeten und begrüßte den ‚Beamten': „Guten Tag, Herr Doktor Semmelmeier."

Rofling lehnte sich halb über den Schreibtisch und lächelte Gerhard breit an: „Was kann ich denn für Sie tun?" – „Ich wollte meinen Pass abholen, den ich vor zwei Wochen beantragt habe." – „Wie war der werte Name?" – „Gerhard Keller".

Rofling ging mit dem Finger durch einen prall gefüllten Karteikasten: „Keller, Georg, nein ... Keller, Gottfried. Das sind Sie?" – „Nein, sorry, ich bin Gerhard

Keller." Mit lauterer Stimme setzte er hinzu: „*GER-HARD!*[*]"

Rofling runzelte die Stirn und flüsterte: „Sie müssen das richtig rausschreien, wie wir das vereinbart hatten."

Gerhard flüsterte zurück: „Ich bin jetzt ganz raus aus meiner Rolle, wir müssen bitte noch mal von vorn anfangen."

Rofling runzelte erneut die Stirn und schaute möglichst unauffällig auf die Uhr. Nun ja, sie hatten noch zehn Minuten, das würde reichen. Er nickte mit dem Kopf und tat so, als wenn er eifrig Notizen machte.

Gerhard ging hinaus, schloss die Tür hinter sich. An der Rezeption nickte er der jungen Assistentin zu und machte sich dann schleunigst auf den Heimweg. Er hörte durch das geschlossene Fenster Roflings Stimme, die jetzt laut durch die Praxis dröhnte: „Der Nächste bitte, habe ich gesagt, DER NÄCHSTE BITTE."

17. Kapitel: Aus der DDR in die BRD

Anton war in den 1970er-Jahren mehrmals in die DDR gereist. Er hatte den Zug genommen, nachdem er einmal mit dem Auto an der Grenze unangenehm aufgefallen war. Ihn hatte es verwirrt, dass die Namen mancher Orte im Osten anders lauteten als im Westen, wie z. B. Marienborn für den westdeutschen Übergang Helmstedt, was er aber bei seiner Reise noch nicht wusste. Er musste

---

[*]   Robert Gernhardt: Die Toscana-Therapie. Schauspiel in 19
       Bildern. München: Heyne 1998.

sich entscheiden, welche Autobahn er auf der Rückreise am letzten Autobahnkreuz nehmen sollte, aber er konnte den ihm bekannten Namen des Grenzübergangs nicht entdecken. Also blieb er auf dem Randstreifen stehen, zückte seinen Autoatlas und versuchte, sich zu orientieren. Später erzählte er gern, wie schön das heutzutage mit einem Navigationssystem sei: Da muss man nur ein Ziel eingeben, und das Gerät findet alles. Damit würde er den richtigen Weg auch leicht finden. Obwohl erstens kein dringlicher Anlass mehr bestand, die Verwandten in Thüringen zu besuchen, und zweitens jetzt die Beschilderung dank Wiedervereinigung 1989 eindeutig war. Die Westnamen hatten sich durchgesetzt.

Als er dort auf dem Randstreifen stand und verzweifelt einen Hinweis zu finden versuchte – der Atlas führte nämlich auch nur Westnamen auf –, hielt plötzlich ein Polizeiwagen hinter ihm. Zwei Vopos (Volkspolizisten, wer weiß das heute noch?) stiegen aus und kamen zu seinem Wagen. Er kurbelte mit Herzklopfen die Scheibe herunter. Man hatte die übelsten Dinge über die ostdeutschen Polizisten gehört. Die beiden waren betont freundlich (Imagekampagne?) und ließen sich seine Papiere zeigen. Dann beugte sich der Kleinere zu ihm herunter: „Sie wissen, dass Sie hier nicht stehen dürfen?" – „Ja, schon, aber ich wusste nicht, welche Autobahn ich nehmen sollte. Und ich weiß ja auch, dass ich die Autobahn nicht verlassen darf." – „Doch, doch", beruhigte ihn der größere Polizist. „Du musst übrigens nach rechts.

Aber jetzt musst du noch zwanzig D-Mark bezahlen, weil du rechtswidrig angehalten hast." Er lächelte Anton an und reichte ihm drei oder vier Vordrucke. Was sollte dieser vertrauliche Ton?

„Hier, das musst du alles unterschreiben. Dass du im Westen nur Gutes sagen[*] wirst, wie es hier bei uns wirklich ist." – „Ja, sicher", Anton lächelte gequält.

„So kann man sich sein Taschengeld auch aufbessern", dachte er sich. Aber er sagte nichts, was in diesem Fall sicher klug war. Er wusste aber auch, dass er nur noch 25 D-Mark dabeihatte. Und die brauchte er zum Tanken, um nach Hause zu kommen.

„Können Sie nicht ausnahmsweise ein Auge zudrücken? Ich habe nur noch 25 Mark, und davon muss ich noch tanken."

Es tat den Beamten außerordentlich leid, aber da war nichts zu machen. Anton reichte den 20-Mark-Schein durch das Fenster. Die beiden Vopos wünschten ihm noch eine gute Reise.

Anton kurbelte die Fensterscheibe hoch. Kreditkarten gab es damals nicht für normale Menschen. Nun musste er irgendwie anders nach Hause kommen. Den Reservetank hatte er vor der Abfahrt schon genutzt, weil er den Verbrauch genau kalkuliert hatte. Er fuhr bis zu einer Tankstelle im Westen, die so nah wie möglich an seinem Wohnort lag. Es war ihm außerordentlich peinlich, den

---

[*] Walter Kempowski: Ein Kapitel für sich. Die deutsche Chronik VII, München: btb 1999.

112

Tankwart zu bitten, für nicht mehr als 6 Mark zu tanken. Die eine Mark hatte er noch im Handschuhfach gefunden. Er schaffte es bis nach Hause, gerade so. Das Warnlicht „Tank bald leer" flackerte heftig, seine Hände waren schweißnass.

Diese Geschichte erzählte Anton immer wieder gern, mit Vorliebe an seinen Geburtstagen. Die Familie hörte aufmerksam zu und tat so, als sei das alles völlig neu. Sie lachten sogar an den richtigen Stellen.

Anton schloss die Anekdote mit den Worten: „Was es alles damals noch gab." Er überlegte: „Ob die Kinder überhaupt das Wort ‚Tankwart' noch kennen?"

18. Kapitel: Batman

Als Boris noch klein war, hatte Anton ihm eine spezielle Version seiner DDR-Reise erzählt. Der Kleine fieberte so herrlich mit, fand er immer: „Ich stand auf der Autobahn, die Schatzkarte auf meinem Schoß. Ich konnte so schnell nicht sehen, wie ich fahren musste, um dort hinzukommen. Ost oder West? Ich nahm meinen Straßenatlas, um Karten zu vergleichen. Da hörte ich hinter mir ein lautes Heulen, das immer näherkam.

Zwei Polizisten kamen auf riesigen Maschinen, dem russischen Pendant von Harley-Davidson, auf mich zu."

Boris schaute ihn fragend an.

„Ach so, Pendant ist das Gegenstück von etwas. Und Harley-Davidson sind tolle Motorräder. Ich zeige dir gleich ein Foto im Internet. Dein Vater hat uns ja seinen Laptop hiergelassen."

Er klappte Philipps Laptop auf und suchte nach einer Harley-Davidson. „Und hier kannst du auch ein russisches Ural-Motorrad sehen, wie es die Polizisten fuhren."

Boris schien beeindruckt.

Boris wusste, dass Anton, der sich von ihm Opa nennen ließ, sich darüber freute und ihn reichlich mit Süßigkeiten versorgte, wenn er Interesse vorgab. Er wusste auch schon, wie er heute Abend das Hasskärtchen erster Ordnung ausfüllen würde: „Opa Anton nervt, die Polizeistory kenne ich schon bis zum Erbrechen. Er streichelt mir auch immer über den Kopf. Ich hasse ihn!"

Boris hätte den Text des angeblichen Abenteuers mitsprechen können. Vermutlich erzählte Anton den Blödsinn auch, wenn er ganz allein war. Alte Leute sind so, das hatte er gelernt. Für Anton war er, Boris, doch auch unwichtig: Wenn es nicht um die Geschichte ging, kümmerte er sich überhaupt nicht um ihn. Typisch.

Boris hing seinen Gedanken nach und hörte nur mit einem halben Ohr zu. Er stieg in die Story wieder ein, als Anton an dem Punkt angelangt war, an dem die Polizisten ihn verhaften wollten: „Also, der eine hatte eine Kalaschnikow in der Hand, der andere Handschellen. Ich musste mit erhobenen Händen[*] aus dem Auto aussteigen, ich sollte verhaftet und ins Zuchthaus gesteckt werden."

---

[*] António Lobo Antunes: Das Handbuch der Inquisitoren, München: Luchterhand 1997.

114

Die Geschichte wurde immer dramatischer, es kam eine Art westdeutscher Batman vorbei. Der hielt seinen Superwagen mit quietschenden Reifen auf dem Seitenstreifen an und sprang heraus. Mit einer Kung-Fu-artigen Kampfkunst streckte er die beiden Polizisten nieder. Die Kalaschnikow schlug er dem Größeren als Erstes aus der Hand usw. usw. Als die beiden Männer schwer atmend neben ihren Maschinen lagen, beugte sich der Batman-Typ zu Anton runter, der aus Vorsicht – nicht vor Angst – wieder ins Auto gestiegen war. Er hielt die Hand mit den Fingern seitlich an den Kopf: „Wir Westler müssen zusammenhalten im Kampf gegen das Unrecht, nicht wahr? Als Dankeschön nehme ich gern die Schatzkarte, dir nützt sie sowieso nichts."

Anton reichte die vergilbte Karte durch das Fenster.

Batmans Look-alike sprang in sein Auto und raste davon. Anton hatte noch genug Geld, um seinen kleinen Kastenwagen hinter der Grenze voll aufzutanken und unbeschadet wieder nach Hause zu fahren.

Boris gähnte.

19. Kapitel: Besuch von Nisan

An der Haltestelle Osterkreuz stieg Nisan aus dem Bus aus. Zu Boris war es nicht mehr weit. Nach dem Abi hatte sie drei Jahre lang nichts von ihm gehört. Vor drei Tagen hatte sie eine Einladung zu seiner Geburtstagsfeier erhalten, mit der Bitte um Rückantwort. Sie hatte die Karte mehrmals hin- und hergewendet und wusste nicht so recht, was sie davon halten sollte. Aber sie war auch neugierig. Sie hatte Boris ganz gut leiden können, auch wenn sie manchmal den Eindruck hatte, dass von seiner Seite eher so eine Hassliebe herüberkam. In bestimmten Situationen war er ihr unheimlich erschienen. Doch dank seiner Hilfe hatte sie immerhin in Geografie eine hohe Punktzahl erreicht. Freunde hatte er ja praktisch keine. Wie viele Gäste wohl zu seiner Feier kommen würden? Ihre Neugierde befriedigen konnte sie nur, wenn sie zusagte. Sie ließ die Karte über Nacht auf dem Küchentisch liegen. Schließlich schrieb sie kurz zurück: „Danke für die Einladung. Ich komme."

Deshalb stand sie nun an dieser Haltestelle. Laut ihrer Fußgänger-App ging es nach zweimal Abbiegen in die dritte Straße links. Ja, genau, die Struwwelpeterstraße 77a. Lustig, Struwwelpeterstraße fand sie schön.

Nisan studierte Sport und Englisch auf Lehramt. Ob Boris wohl auch studierte? Er hatte immer so wenig über sich erzählt. Ah, dieser graue Bau, definitiv aus den 1970ern, trug ein Schild mit der Nummer 77. Sie schätzte, dass zehn oder zwölf Parteien dort wohnten. Eine 77a konnte sie nicht sehen. Zum Glück kam gerade ein junger Mann aus dem Haus.

„Wo bitte ist denn die 77a?" Er zeigte auf einen gepflasterten Weg neben dem Haus, *Parken für Hausbewohner* stand dort.

„Hier geht's zum Parkplatz. Wenn Sie dann scharf rechts gucken, da ist die 77a."

Sie ging den Weg entlang. Stimmt, da war noch ein Eingang. Boris wohnte in einer Souterrain-Wohnung, zu der man über sechs Steinstufen gelangte. Als Zimmerschmuck hing an einem[*] Handtuchhalter ein Netz mit Vogelfedern, wie Nisan durch das Fenster sehen konnte. Bizarr.

Sie drückte auf den Klingelknopf und hörte den Gong bis nach draußen.

„Komme gleich", tönte es aus der Sprechanlage. Dann öffnete Boris ihr die Tür. Er war älter geworden, er hatte sich verändert.

„Schön, dass du kommen konntest."

Sie nickte. „Ja, nochmal danke für die Einladung". Sie überreichte ihm ein kleines Päckchen und sagte: „Herzlichen Glückwunsch".

Er schaute auf das Päckchen, traumverloren. Dann hob er den Kopf: „Sorry, komm rein."

Sie trat in den kleinen, dunklen Flur. An der einen Seite waren zahlreiche kleine Karteikärtchen mit Stecknadeln an die Wand gepinnt. Was darauf stand, konnte sie nicht lesen, es war dunkel und die Schrift klein.

„Hast du noch andere aus der Jahrgangsstufe eingeladen?" – „Du bist hier. Sonst habe ich niemanden eingeladen."

Nisan fühlte sich nicht wohl an diesem Ort. Aber sie konnte doch jetzt nicht einfach gehen. Er bat sie in ein

---

[*]   Gustave Flaubert: Madame Bovary, Frankfurt am Main: Insel 1997.

Zimmer. Spärlich eingerichtet, offenbar ein Sammelsurium aus gebrauchten Möbeln. Auf einem Tisch in der Mitte standen eine Schale mit drei Stücken Streuselkuchen, eine Flasche Mineralwasser und zwei Gläser. Keine Teller?

„Setz dich doch."

20. Kapitel: Der Unfall

An der Ampel schaute Philipp kurz in den Rückspiegel. Ja, er bekam eindeutig graue Haare, auch wenn er damit recht spät dran war. So ein bisschen eitel war er eben auch. Wenigstens war sein Haar noch voll, und er musste keine lange Strähne von links nach rechts über die Mitte kämmen, um ungeschickt und wenig wetterfest eine wachsende Kahlstelle zu überdecken. In der Familie seiner Mutter gab es einige Männer mit einem vollen weißen Schopf. Das war vielversprechend, denn die Fülle des Haars wird über die mütterliche Linie vererbt.

Auf Kathrins Drängeln hatte er sich vor einigen Jahren einen sogenannten Dreitagebart wachsen lassen. Genauso lästig wie kein Bart, wenn er ständig auf schick getrimmt werden sollte. Nachdem er festgestellt hatte, dass der Bart vor dem Haupthaar ergraute, hatte er ihr einige Monate später erklärt, dass graue Stoppeln im Gesicht keinesfalls schick und jugendlich aussehen, sondern alt und pennerhaft. Sie hatte gelacht: „So wichtig ist das nicht. Wenn es dich unglücklich macht, muss das doch auch für mich nicht sein."

118

Was für ein herrliches Gefühl, als er wieder mit der Hand über die glatte Haut streichen konnte. Er hatte noch mit Kathrin diskutiert, ob er sich ihr zu Gefallen einen Oberlippenbart wachsen lassen solle. Sie wollte es sich überlegen, und dann kam der Badeunfall.

Liliane und Boris trafen sich heute wieder einmal mit Carla. Er konnte es ihnen nicht verbieten. Sie waren alt genug. Und selbst wenn nicht, wäre es pädagogisch ungeschickt. Trotzdem hatte er immer ein ungutes Gefühl, wenn das Gespräch auf Carla kam oder sie wie ein Familienmitglied behandelt wurde. Sie wurde sogar die Patentante von Lilianes Tochter Marie-Emily.

Bei der Taufe hatte er Carla zum letzten Mal gesehen. Sie war allein gekommen. Offenbar hatte sie keinen Partner. Sie war ein wenig älter geworden, hatte sich aber fit gehalten. Zur Taufe trug sie ein seegrün-metallic schimmerndes knielanges Kostüm, eine dunkelblaue Bluse mit rundem Ausschnitt und ebenso dunkelblaue Schuhe mit leichtem Absatz. Sie war ihm inzwischen so zuwider, dass er niemals auch nur das kleinste Detail vergaß, wenn er sie traf.

Wenn er nur beweisen könnte, wovon er so überzeugt war. Er war sicher, dass sie sowohl Corinna als auch Kathrin auf dem Gewissen hatte. Alle, denen er von diesem Verdacht erzählte, fanden das völlig abwegig. Carla hatte sich doch mit Corinna und auch mit Kathrin so prima verstanden. Hatte sie das? Eine einzige Farce! Und dann die Nacht mir ihr, meine Güte, so runtergekommen war er damals. Aber so etwas darf einem nicht passieren, und wenn man sich noch so mies fühlt! Er glaubte auch, dass sie die Fehlgeburt provoziert hatte.

Aber bis jetzt konnte er nichts davon beweisen. Dass Carla und ihre Mutter mit Frieda verwandt waren, hatte er anhand eines Gentests damals herausgefunden. Da hatte er dann vor dem Ergebnis gesessen und nichts damit anzufangen gewusst. Später, bei der Eröffnung von Friedas Testament war es sowieso ans Licht gekommen. Aber wen interessierte das noch? Doch er war sich sicher, dass Carla ihre böse Ader von Frieda geerbt hatte.

Philipp war überzeugt, dass Frieda ihren Mann beseitigt hatte, um sich seinen Besitz zu schnappen. Aber wie beweisen? Auf eigenen Wunsch war Walter eingeäschert worden. Kathrin hatte Philipp beschworen, diese Gedanken endlich ruhen zu lassen.

„Du liegst vermutlich sowieso falsch, aber du wirst immer verbohrter und versteifst dich auf deinen Verdacht. Carla ist stets für uns da, wenn wir sie brauchen. Und sie war doch noch Studentin, als Corinna starb, was sind das nur für schreckliche Gedanken, die du in deinem Kopf wälzt. Du engst dich selbst ein. Willst du, dass sie deine Gedankenwelt beherrscht?" Und so fort und so fort.

Er hatte damals nicht mehr mit ihr darüber gesprochen, und jetzt konnte er nicht mehr mit ihr sprechen. Und Carla, diese Schlange, hatte sich bei seinen Kindern eingeschleimt. Glaubte sie, über diesen Weg doch noch ihren Willen durchzusetzen und ihn an sich zu binden? Abartig.

Allerdings hatte er nun endlich eine Hoffnung, diese ganzen schrecklichen Ereignisse ans Licht zu bringen. Vor sechs Monaten hatte er eine Privatdetektivin engagiert. Sie hatte ihr Büro auf Usedom. Er war hingefahren, um sie zu treffen. Die Frau machte einen kompetenten Eindruck. Vor zwei Tagen hatte sie ihn angerufen, sie habe da etwas ganz Wichtiges gefunden. Sie wisse es nicht richtig einzuordnen, aber vielleicht sei es sogar der Beweis, nach dem er so lange gesucht habe. Am Telefon wollte sie darüber nicht sprechen.

„Das ist ja wie im Krimi", dachte Philipp.

Ihm war klar, dass diese Frau die Richtige für den Job war. Er hatte auf den ersten Blick Vertrauen zu ihr. Sie sah völlig durchschnittlich aus, ein mütterlicher Typ: schon mal eine gute Voraussetzung für den Detektivberuf! Das Büro war penibel aufgeräumt und einladend. Ein Fenster ging zum Meer hinaus. Das war ganz anders als die unaufgeräumten und qualmigen Kaschemmen, die man in Fernsehkrimis zu sehen bekommt.

Ihm fiel ihr wacher Blick aus blassen hellgrauen Augen auf. Sie konnte jemandem, der auf so etwas achtete, nicht über ihre Intelligenz täuschen. Da halfen auch Dauerwellen und beige Westen, schlecht sitzende Jeans und praktische Schuhe nicht.

Philipp war ein wenig aufgeregt. Vielleicht könnte er Carla nun endlich heimzahlen, was sie ihm angetan hatte. Er sprach leise vor sich hin: „Kaltblütig bist du, aber das wird dir nichts nützen. Bald kannst du im Knast alt und grau werden.[*]“

Er lachte zynisch. Vielleicht wäre er dann endlich befreit von diesen furchtbaren Bildern und Gedanken, die ihn verfolgten und über die er mit niemandem sprechen konnte. Manchmal traten sie ein wenig in den Hintergrund, an anderen Tagen waren sie jedoch so intensiv, dass er Kopfschmerzen bekam. Er stöhnte im Schlaf. Das hatte ein Kollege, mit dem er sich anlässlich einer Weiterbildung ein Doppelzimmer teilte, ihm vorgeworfen. Manchmal zweifelte er auch selbst. War Carla doch nicht die Teufelin, für die er sie hielt? Der Gedanke tat ihm ebenfalls weh. Was hätte er ihr dann angetan? Jemandem so viel Schlechtes zuzutrauen, ist fast unmenschlich. Wenn die angeblichen Beweise der Privatdetektivin sich doch als heiße Luft herausstellten, würde er diesen Verdacht endlich ganz tief begraben, dem Wunsch seiner Kinder nachgeben und Carla nicht mehr ignorieren.

Tief in seine Gedankenwelt abgetaucht, hätte er fast die Ausfahrt verpasst. Er fuhr auf der linken Spur mit Höchstgeschwindigkeit, scherte gerade noch mit einem scharfen Bremsvorgang ein. Der Wagen segelte ungebremst in die enge Kurve. Und flog hinaus.

---

[*]   Morton Rhue: The Wave. Erläuterungen von Heinz-Günter Böhne, Münster: Aschendorff 1997.

21. Kapitel: Im Krankenhaus

Carla hatte sich erneut bereit erklärt, den Wochenendbesuch bei Philipp komplett zu übernehmen. Wenn sie ins Zimmer kam, streichelte sie ihm häufig über den vollen Haarschopf. Manchmal waren seine Augen geöffnet, und sein starrer Blick war auf die gegenüberliegende Wand gerichtet, ohne dass er sich regte.

Die Verletzungen, so hatte die Stationsärztin ihnen erklärt, waren so gut wie verheilt. Der Milzriss war so tief gewesen, dass die Milz entfernt werden musste. Aber man kann auch ohne dieses Organ nahezu problemlos leben. Er müsse sich nur vor Infektionen schützen. Liliane, Boris und Carla hatten aufmerksam zugehört.

Boris nahm den Unfall am leichtesten. Er tat seine Pflicht als Sohn, aber erschüttert wirkte er nicht. Liliane schwankte zwischen Hilfsbereitschaft und Verzweiflung. Carla blieb ruhig, half die richtigen Entscheidungen treffen und war so oft wie möglich bei Philipp. Normalerweise waren nur Besuche von nahen Verwandten auf dieser Station erlaubt. Auf Bitten von Liliane wurde für Carla eine Ausnahme gemacht.

„Sie ist unsere Patentante und steht uns näher als manche anderen Verwandten."

Bisher war ungeklärt, wie es zu dem Unfall gekommen war. Die Ermittlungen gingen nur schleppend voran, solange die Polizisten das Unfallopfer nicht befragen konnten.

Die Ärzte erklärten: „Er liegt im Koma. Wir geben Bescheid, sobald Sie ihn sprechen können. Das kann aber noch eine Weile dauern. Je länger das Koma andauert, umso größer ist die Wahrscheinlichkeit, dass der Patient bleibende körperliche und kognitive Schäden zurückbehält. Aber wir rufen Sie auf jeden Fall an, sobald eine wesentliche Änderung eintritt."

Zehn Tag lag Philipp jetzt schon so in seinem Bett. Nach nur drei Tagen meinte Boris, es sei vielleicht besser, sein Vater würde gar nicht mehr aufwachen. Liliane und Carla sahen ihn entsetzt an.

„Aber es ist doch so. Warum soll ich lügen?"

Liliane und vor allem Carla wiesen solche Gedanken weit von sich und akzeptierten dahingehende Äußerungen nicht. Boris tat seine Besuchspflicht, saß aber nur alle zwei Tage eine Stunde auf dem Stuhl neben dem Bett. Er sprach nicht mit seinem Vater, ihm fiel nichts ein. Oder sollte er ihm sagen, wie er ihn immer schon gehasst hatte? Das würde bestimmt nicht zur Genesung beitragen. Lügen aber auch nicht. Also saß er am Krankenbett und beschäftigte sich mit seinem Handy.

Liliane kam fast jeden Tag für ein oder zwei Stunden. Mehr ließ ihr eigenes Familienleben nicht zu. Deshalb war sie Carla sehr dankbar, die jede freie Stunde übernahm und auch die Wochenenden an Philipps Seite verbrachte. Auch wenn sie manchmal den Verdacht hegte, es könnte mehr dahinterstecken als ein verwandtschaftliches Gefühl. Waren sich ihr Vater und Carla doch nähergekommen? Er hatte das vehement abgestritten. Carla hatte immer nur gesagt, sie solle doch Philipp danach fragen. Der Verdacht kam regelmäßig wieder hoch. Einmal hatte sie sich an ihren alten Schulfreund Simon gewandt, wie er das sehe. Der hatte mit den Schultern gezuckt: „Weißt du, ich finde Carla sehr verschlossen. Du kannst ihr in die Augen schauen und weißt nie, ob ihr Blick Ablehnung oder Zuneigung bedeutet. Sie ist wie abgeschottet."

Und wenn es doch so sein sollte, wie Liliane vermutete? Dann könnte sie sich doch freuen, dass Carla so viel Zeit für ihn aufbrachte.

Am Samstag kam Carla um zehn Uhr ins Krankenhaus. Um diese Zeit hatte das Pflegepersonal Philipp bereits gewaschen und seine Wäsche gewechselt. Die Infusion mit Nährlösung war wieder angeschlossen. Carla brauchte sich an der Rezeption nicht mehr anzumelden, dort kannte man sie schon. Am Empfang der Station winkte sie den Schwestern zu. Sie war ständiger Gast.

Sie setzte sich auf den Stuhl, nahm Philipps Hand und streichelte sie. Er bewegte sich nicht. Sie erzählte ihm ihre neuesten Erlebnisse, wie das Wetter war, was es so an großen und kleinen Neuigkeiten gab.

Kurz nach ein Uhr ging sie in die Cafeteria und trank einen Latte macchiato. Manchmal holte sie sich am Salatbuffet eine kleine Portion. Sie spürte die Anstrengung, die das Sitzen am Bett eines reaktionslosen Patienten mit sich brachte, auch wenn dieser Patient Philipp war.

Sie kehrte in Zimmer 344 zurück. Wieder setzte sie sich auf den Stuhl und zog ein Buch aus der Handtasche.

„Wenn wir mit dieser Unterhaltungslektüre fertig sind, dann suche ich ein gutes Sachbuch für dich aus. Vielleicht über den Zoo hier?"

Es war das zweite Buch, das sie vorlas. Sie schlug es dort auf, wo das blaue Papierlesezeichen zwischen den Seiten hervorlugte.

Gestern hatte sie nur das Vorwort gelesen. Dann war es schon Zeit gewesen, nach Hause zu gehen. Sie hatte sich für dieses Buch ein Mindestpensum von zwanzig Seiten pro Tag gesetzt. Mehr war schwierig, denn ihr Englisch war nicht so gut. Aber sie kannte ja Philipps Begeisterung für die englische Sprache.

Nach dem Satz „*Message Pending* suddenly flashed up on top of screen.*", schaute sie hoch. Sie dachte, sie hätte etwas gehört.

„Hast du was gesagt, Philipp?"

Er rührte sich nicht. Sie nahm seine Hand und drückte sie. Aber er reagierte nicht. Sie hatte sich wohl geirrt.

22. Kapitel: Nach dem Koma

Philipps Mund war trocken. Seit einem Tag hatten sie kein Wasser mehr. Wenn sie nicht bald gefunden würden, wäre es vorbei. Sieben Personen hatten es geschafft, mit ihm in das Rettungsboot zu steigen. Wann wären sie so verzweifelt, dass sie sich durch das Trinken von Salz-

---

* Helen Fielding: Bridget Jones's Diary, London u. a.: Picador 1997.

wasser umbringen würden? Eine Nacht hatten sie durchgestanden, zum Glück war die See glatt geblieben. Aber sie hatten alle gefroren. Jetzt ging die Sonne wieder auf, bald würde es richtig heiß und der Durst schlimmer werden.

Plötzlich hörte er ein Geräusch, nicht nur er. Alle drehten den Kopf nach links. Ein Schiff, wahrhaftig ein Schiff! Sie winkten und schrien, aber das half nichts. Der Abstand war zu groß. Sie waren im Besitz von zwei Leuchtraketen, erinnerte sich endlich einer. Sie holten eine der beiden unter der Bank hervor und feuerten sie ab.

War es ein Wunder? Das Schiff schien Kurs auf sie zu nehmen. Sie fielen sich in die Arme. Ihre Kehlen waren unendlich trocken nach der Schreierei.

Das Schiff kam immer näher. Der junge Mann neben Philipp konnte den Namen als Erster lesen: „Sigglinde. Wirklich mit zwei g."

Als das Schiff nahe genug herangekommen war, wurde der Anker ausgeworfen. Philipp kannte dieses Schiff. Kapitän war vor zwei Jahren noch sein Freund Niko gewesen. Ob er es immer noch war? Nikos Ehefrau hieß Sieglinde, genannt Siggi. Nach ihr hatte er sein Schiff benannt.

An der Reling der *Sigglinde* standen einige Figuren in blauen Kasacks. Eine von ihnen hatte einen Koffer dabei. Niko war nicht zu sehen. Die *Sigglinde* ließ ein großes orangenes Boot zu Wasser. Vier der Figuren, darunter die mit dem Koffer, stiegen die Leiter zum Boot herunter. Oben auf dem Schiff gesellte sich eine weitere Person in einem seegrünen Kasack zu den Beobachtern an der Reling. Von der Statur her konnte dieser Mann Niko sein.

Das Boot steuerte auf das Rettungsboot zu. Die Gesichter der vier Männer darauf waren wie versteinert. Sie drehten ihr Boot parallel zu dem, in dem Philipp sich befand, und befahlen einem nach dem anderen, zu ihnen herüberzukommen. Sie reichten ihnen die Hände über den Bootsrand.

Der Kapitän nahm ein Megaphon in die Hand und hob es an den Mund. Würde Philipp anhand der Stimme erkennen können, ob es Niko war? Obwohl es im Grunde keine Rolle spielte, Hauptsache weg aus dieser Todeswanne und etwas zu trinken bekommen.

Der Kapitän rief seinen Männern in einer Sprache zu, die Philipp nicht verstand: „O le tama i tua tonu i le peleue mumu, tu'u o ia i totonu o le va'a. E le lelei.“[*]

Philipp war an der Reihe und wollte die Hand eines der Retter ergreifen. Doch der zog seine Hand zurück und schüttelte den Kopf. Der Mann mit dem Koffer sah ihn und lächelte.

„Tu'u mai lou lima, ou te tu'iina oe.“
Philipp hob hilflos die Hände.

„Dujuspeeksinklisch?“

Es dauerte ein paar Sekunden, bis bei Philipp der Groschen fiel.

---

[*]   Samoanisch

„Yes", rief er. Der Mann mit dem Koffer sprach erneut: „Giffe mi yurr vorrarme, ai vill giffe ju enenschekschin."

Philipp verstand, blickte sein Gegenüber dennoch fragend an.

„Orderre from Bosse, gutt foor häls."

Philipp streckte seinen Arm aus. Der Mann nahm eine riesige Spritze aus dem Koffer und stach ihm die Nadel blitzschnell in den Unterarm. Philipp sah Sternchen vor Schmerzen und spürte etwas heiß in seinen Unterarm laufen. Der Koffermann drehte sich zum Steuermann um und rief: „Toe alu. O lo'o fa'atali le pule."

Der Steuermann nickte, und das Boot begann sich langsam zu drehen. Ey, wollten die ihn wirklich hier zurücklassen? Er versuchte, sie zurückzurufen, auf Deutsch und Englisch, aber sie taten so, als könnten sie ihn nicht verstehen. Er hatte gesehen, dass unter der Bank neben der zweiten Leuchtrakete ein Megaphon lag. Er zog es hervor und wandte sich an den Kapitän, den er mittlerweile eindeutig als Niko erkannt hatte: „Warum sollen deine Leute die anderen mitnehmen und mich zurücklassen? Bei all unseren Seefahrten[*], die wir gemeinsam durchgestanden haben, bitte, lass mich nicht hängen."

Niko reagierte nicht, Philipps Arm tat höllisch weh. Die Matrosen auf dem Schiff zogen den Männern, die mit Philipp auf dem Boot gewesen waren, ebenfalls blaue

---

[*] Doris Lessing: Anweisung für einen Abstieg zur Hölle, Frankfurt am Main: Fischer/Goverts 1981.

Kasacks an. Dann wurden Darts verteilt, und alle warfen damit auf Philipp. Jeder Einstich hinterließ eine lange Blutspur und schmerzte unerträglich.

Langsam wurde er wach. Es brauchte einige Minuten, bis er sich orientieren konnte. Ein Pfleger in blauem Kittel und ein Arzt in türkiser OP-Kleidung standen an seinem Bett.

„Bitte versuchen Sie, Ihre rechte Hand zu bewegen."

Philipp hob mühsam die Hand und bewegte sie.

„Das ist prima! Sie sind bald wieder voll bei uns."

Die beiden hantierten an den Maschinen herum.

„Was ist mit mir?" – „Sie hatten einen Autounfall und haben einige Tage im Koma gelegen." – „Komme ich wieder auf die Beine?"

Der Arzt nickte: „Wir gehen davon aus."

Philipp erinnerte sich, wie er die blauen Figuren in Kasacks angeschrien hatte.

„Wie lange sind Sie schon hier?" – „Unser Pfleger Jochen schon seit einer halben Stunde, ich etwa zehn Minuten." – „Habe ich etwas gesagt?"

Der Arzt schüttelte den Kopf: „Sie haben gestöhnt, vermutlich ein Alptraum. Es ist bei Komapatienten normal, dass sie schlimme Alpträume haben, die sie von der Wirklichkeit kaum unterscheiden können. Viele reden und schreien, aber für die Außenstehenden sind sie stumm."

Philipp sagte nichts und lag erschöpft da. Schon die paar Sätze hatten ihn angestrengt.

130

„Rufen Sie die Frau wieder rein, Jochen, Sie kann jetzt mit dem Patienten sprechen."

Pfleger Jochen öffnete die Tür. Es dauerte ein paar Minuten, dann kam er mit einer Frau zurück. Carla!

Sie kam strahlend auf ihn zu: „Endlich bist du wieder bei uns!"

Er reagierte kaum. Er wusste ganz genau, wer Carla war. Er litt nicht unter Amnesie. Sie setzte sich zu ihm auf die Bettkante.

„Willst du reden oder soll ich dir weiter vorlesen?"

Er schüttelte den Kopf. Seine Erinnerung war kristallklar. Der Arzt hatte ja gesagt, dass Komapatienten ihre Alpträume sehr realistisch erleben. Wenn jemand normalerweise im Schlaf einen schlimmen Traum hat und aufwacht, kann er zwischen beiden unterscheiden. Aber für Komapatienten, die häufig schlimme Alpträume haben, ist diese Unterscheidung nicht so einfach. Wie sollte er jetzt herausfinden, ob all das, was er mit Carla assoziierte, ein Alptraum war oder Realität? Er nahm all seinen Mut zusammen. Die Frage, die er Carla stellen würde, könnte zeigen, ob real war, woran er sich so plastisch erinnerte.

„Kommt Corinna auch heute?"

Carla sah ihn lange an, bevor sie antwortete.

Janina Schmiedel

1. Kapitel: Uli steigt aus

„Nun komm endlich, verdammt noch mal. Runter zum Wagen[*], wir stehen im Halteverbot." – „Jetzt mach keinen Stress. Sind doch nur ein paar Minuten." Frank hatte wie immer die Ruhe weg. „Es ist Brittas Wagen. Und wir können uns jetzt echt keine Sperenzchen leisten." Uli ärgerte sich. „Überhaupt: Was hast du denn noch so lange da drin gemacht?" Frank grinste.

Die beiden hatten sich vor einigen Monaten mit einem Blumenkastenverleih selbstständig gemacht. Sie brachten den Kunden die wunschgemäß bepflanzten Kisten und holten sie nach der Saison wieder ab. Mit der Ausstattung ‚Blüh schön' konnten die Bewohner der grauen Innenstadt ihre Balkons verschönern. Die Variante ‚Ernte gut' enthielt Erdbeeren, Bohnen, Radieschen oder Kürbisgewächse. Nach der Saison bereiteten Uli und Frank die Kisten für das nächste Jahr wieder auf. Das war zumindest der Plan. Das Geschäft lief schleppend an. Fünf Kästen hatten sie bisher ausgeliefert. Dazu reichte der alte Volvo-Kombi, den Franks Schwester zur Verfügung gestellt hatte, gerade noch aus.

Britta glaubte nicht an die Unternehmensidee der beiden. Es würde wahrscheinlich ähnlich katastrophal laufen wie die Aktionen als Reiseberater, die Gestaltung

---

[*] Jonathan Coe: Replay, München: Piper 2000.

von individuellen Gartenzwergen oder ihre Auftritte als Aktionskünstler in der Innenstadt. Sie hielt die zwei für vollkommen geschäftsunfähig. Immerhin schienen die Misserfolge sie nicht im Mindesten zu entmutigen, und es war allemal besser, als wenn sie den ganzen Tag nur im Park sitzen und Bier trinken würden. Diese Phasen hatte es gegeben. Britta hatte sich Sorgen um ihren Bruder gemacht. Und um Uli natürlich. Uli war der schwächere von beiden, der Mitläufer. Dass sie nun das Auto nicht in der Garage parken konnte, weil Frank diese für Säcke mit Blumenerde, Betonkübel und Holzkisten in Beschlag genommen hatte, war ein geringes Übel.

Frank hielt Uli einen Zwanzig-Euro-Schein unter die Nase. Der begriff sofort, was das bedeutete. „Du hast unsere Kundin beklaut?" – „So würde ich das nicht nennen", sagte Frank. „Es ist völlig egal, wie du es nennst. Du bringst es zurück, sonst steige ich aus." – „Mach doch, ich wollte auf dem Rückweg sowieso noch bei Britta vorbeifahren." – „Nicht aus dem Wagen, du Idiot", antwortete Uli ungehalten über dieses franktypische Sich-dumm-Stellen. „Komm runter", versuchte Frank ihn zu beschwichtigen. „Die hat so viel Geld, das fehlt ihr doch nicht. Die wird das nicht mal merken."

Uli schnaubte vor Wut. „Wenn du unser neues Geschäft direkt wieder kaputt machen willst, dann können wir es gleich lassen." – „Jetzt reg dich doch nicht wegen ein paar Euro so auf." Das brachte Uli erst richtig in Rage. Es war immer das Gleiche. Am Ende scheiterte alles daran, dass sie zu unterschiedlich waren. Frank hatte keine Skrupel, irgendwelchen Leuten unnötige Abos oder Versicherungen aufzuschwatzen und hier und da mal in eine Schublade zu greifen, um sich ‚Trinkgeld‘ zu nehmen. Er hätte Bankräuber oder Lösegelderpresser werden sollen. Das wäre wenigstens ehrlich. Na ja, so im weitesten Sinne.

„Du ziehst mich immer in so ’ne Scheiße mit rein.“ Frank antwortete nicht. „Halt an!“, schrie Uli „Verdammt! Halt an!“ Er löste den Sicherheitsgurt und riss die Tür auf, sobald der Wagen zum Stehen kam. „Jetzt lass uns doch alles in Ruhe klären“, meinte Frank. „Da gibt’s nichts mehr zu klären.“ Uli knallte die Beifahrertür zu.

Frank hatte in zweiter Reihe gehalten und fuhr sofort wieder an. Uli stand noch einen Augenblick unschlüssig da, spürte die Blicke der Passanten auf sich. In Wirklichkeit scherte sich natürlich niemand um ihn. Ein großer, leicht ergrauter Typ mit abgewetzten Jeans und einer Lederjacke aus dem vorigen Jahrhundert stieg etwas unsanft aus einem Wagen und stand dann unbeholfen zwischen den parkenden Autos. Na und? Aber Uli fühlte sich beobachtet, schäbig, gescheitert. Was sollte er jetzt tun? Er rief Britta an.

„Was gibt’s denn?“ – „Du kennst doch deinen Bruder.“ Sie seufzte. Ja. Und auch Uli kannte sie gut. Sie waren zusammen zur Schule gegangen, hatten dann, als sie um die zwanzig waren, mit drei anderen in einer WG gewohnt. Damals gab es wohl zu wenig Betten, jedenfalls hatten sie nicht immer nur in ihren eigenen geschlafen.

„Was soll ich denn jetzt machen?" Uli klang verzweifelt. Britta versuchte, ihn zu beruhigen: „Ihr werdet doch nicht wegen eines kleinen Streits das Geschäft hinschmeißen." Sie verstand es nicht. Das war kein kleiner Streit. Es war etwas, das seit Jahren in Uli schwelte, ihn langsam zersetzte. Vielleicht wäre es ihm gelungen, mit seiner Tischlerausbildung ein solides Unternehmen aufzubauen, hätte nicht Frank immer wieder mit seinen Flausen und seinen unlauteren Methoden dazwischengefunkt. Uli hatte sich an ihn gehängt, war ihm gefolgt, hatte Franks Misserfolge zu seinen eigenen gemacht. Warum wurde ihm das erst jetzt klar? Vielleicht, weil ihm an *Boomers-Bloomers* (der Name war seine Idee gewesen) wirklich etwas lag. Er hatte die Recherche übernommen, die Kästen gebaut und den Geschäftsplan geschrieben. Er wollte nicht, dass Frank durch seinen Leichtsinn und seine kriminelle Ader alles zerstörte.

„Weinst du, Uli?", fragte Britta auf der anderen Seite der Leitung. Quatsch. Uli legte auf. Er war doch niemand, der sich hängen ließ. Er hatte sich viel zu lange fremdbestimmen lassen. Damit war jetzt Schluss.

2. Kapitel: Uli braucht einen Wagen

Das Erste, was Uli brauchte, war ein eigener Wagen. Er wollte nicht mehr auf Frank und Britta angewiesen sein. Tagelang stöberte er bei *eBay Kleinanzeigen* nach einem günstigen Gebrauchtwagen. Die Ausstattung war ihm egal. Fahren musste die Kiste und eine gültige TÜV-Plakette haben. Um den Wagen abzuholen, war natürlich Brittas Hilfe nötig, wenn er nicht mit dem Taxi in die Walachei fahren wollte. Vielleicht konnte sie ihm auch 500 Euro borgen, damit er die 1.500, die der Verkäufer verlangte, bar bezahlen konnte. Doch dann überlegte er es sich anders. Er wollte einen richtigen Neuanfang. Diesmal musste er von Anfang an allein klarkommen.

Er sagte dem Privathändler, mit dem er schon einen Termin für die Probefahrt ausgemacht hatte, wieder ab. Er würde weitersuchen, bis er einen Verkäufer in der näheren Umgebung fand. Von seiner schmalen Witwerrente, die er nach Vanessas Tod bekam, legte er jeden Monat eine kleine Summe zurück, bis er sich schließlich einen der Optik nach zu urteilen mindestens vierhundert Jahre alten silbernen VW-Golf leisten konnte, der gerade noch einmal den TÜV geschafft hatte. „Zwei Jahre sorgenfreie Fahrt", verkündete die Anzeige. Das Auto war ein Unikum: Die Beifahrertür war blau, die Tankklappe extrem launisch.

Uli liebte sein neues Gefährt, und die erste Fahrt versetzte ihn in Hochstimmung. Die Landstraße war frei, die Sonne schien, und die Bäume warfen lange Schatten auf die Felder. Das weckte Erinnerungen. Aus dem Autoradio schallte irgendein Indie-Song. Die Musik der jungen Leute verstand er nicht wirklich. Sein Rockerherz war irgendwo in den Neunzigern hängengeblieben. „But wasn't it Hope who had done the subverting for him – by doing the leaving?"[*], schallte es aus dem Radio.

Uli hätte nicht einmal sagen können, was das für eine Musikrichtung sein sollte. Er entschloss sich für die Bezeichnung ‚Soul-Pop'. Das Gejaule nervte ihn. Er drehte am Tuner. Dabei hatte er wohl etwas zu lange auf die Armatur geschaut. Als er den Blick wieder hob und auf die Straße richtete, erschreckte er sich so sehr vor dem LKW auf der Gegenfahrbahn, dass er das Lenkrad nach rechts verriss. Während er die Kontrolle über den Wagen verlor und unsanft in den Graben am Fahrbahnrand schlitterte, dachte er noch, dass es ausgerechnet diese grässliche Musik war, die er als letztes gehört hatte. Hätte nicht ein Song von Led Zeppelin oder Nirvana laufen können? Dass ihm gerade jetzt Nirvana einfiel, erheiterte ihn, zumindest für den Bruchteil der Sekunde, in dem ihm die Ironie dieses Gedankens bewusst wurde. Außerdem musste er an das Känguru aus den Känguru-Chroniken von Marc-Uwe Kling denken. Erstaunt stellte Uli noch fest, wie viele Gedanken in diesen kurzen letzten Moment passten. Dann war alles still.

Er lebte noch. Als der Schock nachließ, ergriff eine neue Hochstimmung von Uli Besitz. Dieser Unfall war

---

[*]   Philip Roth: Exit Ghost, New York: Vintage International 2008.

ein Zeichen für seinen Neuanfang. Ein zweites Leben! Und das erste, was er jetzt tun musste, war diesen bescheuerten Ohrwurm loswerden: „... by doing the lea-heeeeee-ving".

3. Kapitel: EmoGirl98

Anne geisterte in der Wohnung herum. So nannte ihr Vater das: herumgeistern. Sie mochte diesen Ausdruck, denn er beschrieb sehr gut, wie sie sich fühlte. Wie ein Geist, eine nicht richtig in dieser Welt anwesende Person. Es war halb eins nachts. Anne hatte Hunger. Ihre Eltern schliefen längst. Trotz ihres schattenhaften Daseins klapperten auch bei ihr die Brettchen, wenn sie sie aus dem Küchenschrank nahm und auf die Arbeitsfläche knallte.

Während sie sich ein Sandwich zubereitete, dachte sie an dieses Mädchen aus dem DarkWorlds-Forum. Vor fast zwei Wochen hatte sie zum letzten Mal etwas geschrieben. Niemand hatte es für einen Scherz gehalten, aber wirklich ernstgenommen hatten sie es auch nicht. Inzwischen waren die wildesten Gerüchte im Umlauf. Anne kannte EmoGirl98 nicht persönlich. Ihr war klar, dass es sich in Wirklichkeit auch um einen vierzigjährigen Typen handeln konnte, der sich im Schutz der Anonymität einen Spaß erlaubte. Aber mit sowas spaßte man doch nicht. Hätte sie ihr privat schreiben und ihr die Nummer vom Sorgentelefon schicken sollen? Aber vielleicht hätte sie das erst recht dazu ermutigt, sich umzubringen.[*] Hätte nicht genau das bedeutet, dass selbst die Menschen, die sie für Gleichgesinnte hielt, sie nicht wirklich verstanden?

„Niemand versteht die Dunkelheit", hatte EmoGirl98 geschrieben. Und Anne hatte sich ihr so verbunden gefühlt. Auch sie spürte eine tiefe, allgegenwärtige Dunkelheit. Es war eine Dunkelheit, die alles in sich aufnehmen und nichts neben sich dulden konnte, aber zugleich war sie auch vertraut, nichts, was ihr Angst machte. Niemand verstand das.

Als Anne dreizehn war, hatte ihre Mutter sie zu einer Kinderpsychologin geschickt, weil sie wenig sprach, Raben und Totenköpfe in ihre Schulhefte zeichnete und nur noch schwarze Kleidung tragen wollte. Anne hasste es, ständig von dieser neugierigen Psychotussi ausgefragt zu werden. Sie machte dicht, woraufhin die Tussi schließlich der Meinung war, dass ein Klinikaufenthalt die einzige Möglichkeit wäre, Anne aus ihrer „schweren Depression" zu befreien. Und ihre Mutter machte ihrem Namen alle Ehre: Regina, die Herrscherin. Sie spielte sich auf wie eine Königin, die über das Wohl ihrer Untertanen entscheidet. Anne konnte sagen, was sie wollte. Der Entschluss stand fest. Sie musste in die Klinik.

Dort hatte sie sich zum ersten Mal in ihrem Leben wirklich schlecht gefühlt. Eingesperrt, verloren, von

---

[*] Orhan Pamuk: Schnee, München/Wien: Bundeszentrale für politische Bildung (Lizenzausgabe des Carl Hanser Verlags) 2005.

allem Vertrauten getrennt. Ihr war, als würde alles, was sie dachte, was sie war, hinterfragt, ausgeleuchtet, seziert. Selbstzweifel befielen sie und quälten sie in den endlosen Nächten. Die Medikamente machten ihre Hände schwer und ihren Kopf ungewohnt dumpf. Sie wollte nur nach Hause.

Als ihr Vater eines Nachmittags dastand, um sie abzuholen, fiel sie ihm in die Arme. Sie schloss die Augen und ließ sich von der schützenden Dunkelheit umschließen. Sein Aftershave roch nach zu Hause. Er hielt sie fest. Er hatte verstanden, dass sie nicht hierbleiben konnte, dass dieser Ort sie zerstörte, ihre Seele zersetze. Es brauchte keine Erklärungen.

Sie war ein Mensch, der die Dunkelheit liebte. Aber was war mit EmoGirl98? Vielleicht war sie wirklich verzweifelt, sah keinen Ausweg.

Anne nahm das Sandwich mit in ihr Zimmer, rief das Profil von EmoGirl98 auf und schrieb ihr eine PM: „Wusstest du, dass Fledermäuse die einzigen Säugetiere sind, die fliegen können?" Zwei Minuten später erhielt sie eine Antwort: „Weißt du, dass du die Einzige bist, von der ich gehofft habe, dass sie mir schreibt?"

4. Kapitel: O, du Wunderschöne

„Ich habe ein neues Gedicht geschrieben. Willst du es lesen?" Darauf gab es für Bettina nur eine ehrliche Antwort: Nein, das wollte sie nicht. Richard hatte wieder mal eine dieser Phasen. Er stand um fünf in der Frühe auf, setzte sich mit einer Kanne Tee auf die Veranda und lauschte in den Wald hinein. Die Waldmusen säuselten ihm dann etwas zu, was in ihrer Welt vielleicht als Poesie gelten mochte. Für Bettina klang es wie Fingernägel, die auf einer Tafel kratzen. Es schüttelte sie innerlich. „Klar, Schatz", sagte sie, und Richard drückte ihr sein Notizbuch in die Hand. Es war mintgrün mit einer glitzernden Katze auf dem Umschlag. Lena, ihre siebenjährige Enkelin, hatte es ihm geschenkt. Vermutlich hatte sie es selbst geschenkt bekommen und wollte von ihren Freunden nicht ständig wegen dieses glubschäugigen Glitzerviehs ausgelacht werden. [*]

---

[*]   Dante Alighieri: Die göttliche Komödie, Köln: Parkland 1995.

Richard hatte sich sofort in dieses schöne Büchlein verliebt. Er liebte Merkwürdigkeiten. Und Bettina liebte Richard. Eigentlich. Deswegen las sie sich geduldig die ästhetischen Untaten seiner Waldmusen durch.

Die frühe Stunde
Der Morgen graut.
Die Amsel tut laut
ihr Revier markieren.
So ist das bei den Tieren.

Bettina seufzte. Richard dachte, sie sei gerührt. Missverständnisse einer Ehe.

Am nächsten Morgen schrieb er ein Gedicht nur für sie. Sie war eine so wunderschöne, kluge und tolle Frau. Es musste ein ganz besonderes Gedicht sein. Er schrieb in sein Büchlein:

Für meine Betti

Dann strich er die Überschrift wieder. Nicht poetisch genug.

Für meine liebste Ehefrau

Nein. Das klang ja, als hätte er mehrere Frauen. Richard musste lachen. Er klopfte sich leicht mit dem Stift gegen die Schläfe, als ließen sich erst dadurch die Gedanken in die richtige Ordnung bringen.

O, du Wunderschöne

Ja, das war es.

O, du Wunderschöne,
Du duftendste aller Blumen.

Superlative waren definitiv das Richtige für seine geliebte Bettina.

Gedenke ich des Tanzes,
Dieses glücksgetränkten Abends –

„Glücksgetränkt klingt furchtbar", flüsterte eine der Waldmusen. Richard nickte.

Dieses Abends, der mich erfüllte
Mit Liebe und Glück,
Spüre ich es wie damals.
Ich sagte: „Mein Herz!"
Und du: „Meine Sonne!"
Ich, geschmeichelt,
Senkte die Stirn,
Auf welche du mich küsstest
Zum allerersten Mal.

Richard lächelte selig, als Bettina auf die Veranda trat. Er legte den Stift beiseite und erhob sich. „Tee oder Kaffee?", fragte sie. Wie das Profanste noch aus ihrem Mund so zauberhaft klang. Verlegen lächelte er sie an. „O, du Wunderschöne –" Er räusperte sich. Nun musste er noch einmal ansetzen:

O, du Wunderschöne,
Du duftendste aller Blumen.
…

Bettina seufzte und gab Richard einen Kuss auf die Stirn.

5. Kapitel: Lila übertreibt

Mika hat sich den gesamten Arm mit einem Edding angemalt und sondiert nun mit beiden Händen das Gemüse auf seinem Teller. Letzte Woche hat er die grünen Bohnen aus Opas Garten noch gemocht. Jetzt hält er so ein zerdrücktes grünes Etwas zwischen Daumen und Zeigefinger von sich weg: „Mama, diese Slange hier mag ich nich." In irgendeinem Ratgeber habe ich mal gelesen, man solle Kinder auf keinen Fall dazu zwingen, irgendetwas zu essen, weil sie sonst erst recht eine Abneigung dagegen entwickeln. Also sage ich meinem Sohn, er soll die Schlangen beiseitelegen und das andere Gemüse essen. Er beugt sein Gesicht über den Teller und beginnt, die Kartoffelwürfel aus der Suppe zu saugen. Ich kann mich nicht erinnern, je etwas darüber in einem Ratgeber gelesen zu haben, ob man dieses Verhalten als gute Mutter billigen sollte oder nicht.

Aber da das Gemüse so zumindest in seinem Mund und nicht auf oder unter dem Tisch landet, beschließe ich, dass es im Rahmen unserer Tischsitten in Ordnung ist. Während Mika fröhlich eine Gemüsesorte nach der anderen einsaugt, blättere ich in einer Zeitschrift. Ich habe bisher nicht gewusst, dass es fluoreszierende Pilze gibt.

Das Gerumpel im Treppenhaus kündigt Lila an. Anstatt ihr Fahrrad irgendwo in der Straße an einen Laternenpfahl zu schließen wie alle andern, bringt sie es jeden Tag nach der Schule in den Keller und holt es jeden Morgen wieder heraus. Manchmal schleppt sie es mehrmals am Tag runter in den Keller und wieder rauf, wenn sie am Nachmittag noch Termine hat oder etwas vom Supermarkt besorgt. Sie befürchtet, dass es ihr sonst gestohlen wird. Ich frage mich, woher sie diese Ängstlichkeit hat. Lila stellt ihre Schultasche ab, wäscht sich die Hände und kommt dann in die Küche, um in jeden

145

einzelnen Topf zu schauen. Sie setzt sich mit ihrer Gemüsesuppe zu Mika und zwingt ihn, die Suppe mit dem Löffel weiterzuessen. Sie ist der Meinung, er muss das lernen, um sich in der Kita nicht zu blamieren. Als ob die anderen Kinder da alle vorbildlich dinieren und sich den Mund mit edlen Stoffservietten abtupfen. Was habe ich nur für eine seltsame Tochter. Nicht, dass ich sie nicht liebe. Natürlich liebe ich beide Kinder über alles. Aber wenn ich so drüber nachdenke, benimmt Mika sich einfach mehr wie ein normales Kind. Lila hat einen Ordnungsfimmel, der schon an Besessenheit grenzt. Als Mika am Wochenende beim Backen ein Ei auf den Boden gefallen ist, hat Lila sich danach den ganzen Tag geweigert, die Küche zu betreten. In der Schule hatte sie gelernt, dass rohe Eier gefährlich sein können. „Aber doch nur, wenn man sie isst", wollte ich ihr erklären. Aber sie hat mir nicht mal zugehört. Sie ist in den Keller gerannt, hat *rumpel-rumpel* ihr Rad rausgeholt und von ihrem Taschengeld Chlorreiniger gekauft. „Der tötet böse Keime." Zum Glück bekam sie die Verschlusskappe nicht auf. Lila will wie immer zu weit gehen, dachte ich.[*] Sie treibt es einfach immer auf die Spitze. Und als ich ihr die Flasche mit dem ätzenden Zeug aus der Hand genommen hatte, verzog sie sich schmollend in ihr Zimmer, weigerte sich, mit uns gemeinsam zu Abend zu essen, und beruhigte sich erst am nächsten Tag wieder, nachdem ich ihr

---

[*] Elena Ferrante: Meine geniale Freundin, Frankfurt am Main: Suhrkamp 2018.

versichert hatte, dass von den bösen Keimen nichts mehr in der Küche sei.

Mika hat jetzt damit begonnen, die aussortierten Bohnen aufzusaugen. „Na, schmecken die kleinen Schlangen doch?" – „Mhm", macht er grinsend, während Lila schon dabei ist, ihren Teller in der Spüle abzuwaschen. Muss ich mir um dieses Kind Sorgen machen?

6. Kapitel: Der Kommissar

Lendermann schloss die Tür zu seiner vollgerümpelten Wohnung auf und wurde sofort von der bleiernen Müdigkeit überfallen, die am Ende eines ereignisreichen Arbeitstages oft schlagartig über ihn kam. Tagsüber war er konzentriert, fokussiert, nahm die Anstrengung gar nicht wahr. Aber am Abend ... Bäm. Zack. Sense. Es war völlig klar, dass er jetzt nicht erst die Wohnung aufräumen konnte, bevor er es sich gemütlich machte. Wenn er es sich recht überlegte, würde er auch den Teil mit der Gemütlichkeit überspringen und sich einfach direkt ins Bett fallen lassen. Er schlief sofort ein.

Um Punkt zwei Uhr riss ihn ein entsetzlicher, anschwellender Ton aus dem Schlaf. Der Feuermelder? Die Türklingel? Er brauchte einige Sekunden, um zu begreifen, dass es sein Mobiltelefon war. Eine unbekannte Nummer. Lendermann nahm den Anruf an, schwieg aber. Es kam immer wieder vor, dass irgendwelche Idioten nachts bei ihm anriefen. Aber natürlich konnte es auch ein Notfall sein. „Simon?" Es war Achim

Steinbeiß, sein Kollege, der offenbar ein fremdes Handy benutzte. Wenn der um diese Zeit anrief, bedeutete das, dass die Nacht vorbei war. „Simon, bist du wach?" – „Was gibt's?" – „Eine Leiche." – „Wo?" – „Im Museum für moderne Kunst. Wann kannst du hier sein?" – „In zwanzig Minuten." Jetzt zahlte es sich aus, dass er sich am Abend nicht einmal die Mühe gemacht hatte, die Schuhe auszuziehen. Er griff nach seiner Jacke und machte sich auf den Weg zum Museum.

Die Kollegen standen im Eingangsbereich des Ausstellungsraums, in dem seit einer Woche die Sonderausstellung *Schnee von übermorgen* stattfand. Sie warteten anscheinend darauf, dass die Spurensicherung endlich fertig wurde. Oder vielleicht hinderte sie auch die Frage, die mit ihrer beinahe physischen Präsenz den ganzen Raum bis zum Bersten ausfüllte, am Eintreten: „Wie um Himmels willen kam mitten in der Nacht eine Leiche ins Museum?" Lendermann versuchte, einen Blick auf die skurrile Szene zu erhaschen. Unter einem Gemälde der Künstlerin Bernadette Wellbrock, das der Beschilderung nach eine Schneeflocke in siebentausendfacher Vergrößerung (aus Lendermanns Sicht aber lediglich eine schmutzgraue Leinwand) zeigte, saß eine bizarr verrenkte Frau an die Wand gelehnt. Ihr Kopf hing seitlich herunter. Jemand hatte ihr blaue Farbe in den Schoß gekippt. Neben der Toten hing eine Plakette an der Wand. *Die Erkaltung* stand darauf. Darunter ein blauer Strich in derselben blauen Farbe, die auch auf der Leiche verteilt war.

Lendermann rieb sich das Kinn. „Die Nachtwache hat das so vorgefunden", sagte Steinbeiß. „Ein gewisser Herr Marvin Greve. Er ist aktuell nicht vernehmungsfähig, aber er kommt morgen früh auf die Wache." Lendermann gab ein gedehntes „Hmmm" von sich. „Das Museum bleibt heute geschlossen", sagte die Direktorin, deren Anwesenheit Lendermann bisher gar nicht aufgefallen war. „Was Sie nicht sagen", erwiderte er kühl. Er mochte es nicht, wenn jemand das Offensichtliche wie eine wichtige Neuigkeit verkündete. „Was werden Sie tun, um den Täter zu finden?", erkundigte sich die Direktorin. „Den Täter oder die Täterin", berichtigte Steinbeiß sie. „Seien Sie gewiss. Wir werden alles Notwendige tun. Wann wurde das Museum gestern geschlossen?" – „Um 18 Uhr. Aber die Reinigungskräfte waren bis 20 Uhr vor Ort." – „Wo waren Sie in der Zeit zwischen achtzehn Uhr und ein Uhr nachts?" – „Ich? Sie verdächtigen mich?"

Steinbeiß nahm die arme Frau ganz schön in die Mangel. Er war eben gründlich. Lendermann sah sich währenddessen weiter um. Er ging so nah an die Tote heran, wie die Spurensicherung es zuließ. Die Farbe auf dem Schild war noch frisch. Sie würden ihm den Hals umdrehen, wenn er da jetzt mit seinem Taschentuch beiging. „Kann hier mal jemand …?", rief er. Anita Döhring kam zu ihm herüber. Er mochte sie nicht. Es gab keinen konkreten Grund, sie hatte einfach eine unangenehme Ausstrahlung. „Kann man hier mal freilegen, wer der ‚Künstler' ist?" Er betonte es so, dass es möglichst wenig nach einer Frage klang. Döhrings Handgriffe schienen ihm umständlich, das regte ihn auf. Diese Frau machte ihn fertig mit ihrer Langsamkeit. Doch als endlich zu erkennen war, was da unter der blauen Farbe verborgen war, schlug sein Missmut in Entsetzen um. Döhring dagegen schien die Entdeckung zu amüsieren. „Würde ihren strengen Geruch erklären, Herr Kommissar", sagte sie ohne einen Anflug von Sarkasmus, „wenn Sie die Nacht mit dem Drapieren einer Leiche verbracht hätten." Das war nicht komisch. Auf der Plakette stand „S. Lendermann". Auch Steinbeiß und die Direktorin waren aufmerksam geworden. „Du steckst dahinter?", bemerkte sein Kollege trocken. „Diese kriminelle Energie hast du in den letzten zwanzig Jahren echt gut verborgen." Lendermann war nicht nach diesem gewollt lässigen Geplänkel. „Was hat das zu bedeuten?", fragte die Direktorin. „Keine Ahnung", sagte Steinbeiß. „Will Ihnen jemand etwas anhängen?"

Konnte nicht jemand dieses aufgescheuchte Huhn von Direktorin nach Hause schicken? „S. Lendermann?" Ein Typ von der Spurensicherung lachte. „Ernsthaft?" Lendermann kannte diesen Vogel nicht. „Ja, ziemlich witzig, nicht wahr? Haben wir jetzt genug herumgealbert? Nur Schwachköpfe verschwenden ihre Zeit mit irrelevanten Fragen.[*] Etwas mehr Respekt vor der Frau mit dem

---

[*] Jaron Lanier: Wenn Träume erwachsen werden. Ein Blick auf das digitale Zeitalter, Hamburg: Hoffmann und Campe 2015.

150

blauen Schoß bitte. Wir sollten uns endlich daranmachen, diesen Fall aufzuklären."

Döhring schmunzelte dezent vor sich hin, während sie ihre Werkzeuge säuberlich in einem Behälter verstaute. Steinbeiß sah Lendermann mit seinem durchdringenden Blick an. „Simon, du weißt, wer dahinterstecken könnte?" Ja, er ahnte etwas. Er hatte so gar keine Lust, diesen alten Fall noch einmal aufzurollen. Dieser Spinner damals, der mit seinen Drohungen das Young-Daddy-Forum gesprengt hatte. Er war dort immer wieder aufgetaucht, hatte blutrünstige Threads gestartet und einem der ‚Daddys' verstörende Privatnachrichten gesendet, einem Typen namens Weiß. Lendermann würde nie das Gesicht dieses Mannes vergessen, das im Licht der Autoscheinwerfer tatsächlich gespenstisch weiß geleuchtet hatte. Er war genau so zu Tode gekommen, wie der Threat-Threader es vorausgesagt hatte: Er war nachts als Radfahrer auf der Landstraße von einem Moped angefahren worden. Das Fahrrad ein Totalschaden. Diesen Fall hatten sie nie aufklären können. Stattdessen waren immer mehr absurde Details ans Licht gekommen. Die Forenbetreiber hatten die Seite geschlossen und vom Threat-Threader hatte man nie wieder etwas gehört. Lendermann hatte nach diesem Vorfall drei oder vier anonyme Drohanrufe erhalten, die aber nie zurückverfolgt werden konnten. „Es ist nicht vorbei", hatte der mysteriöse Anrufer immer wieder gesagt. Aber irgendwann war es dann doch einfach vorbei gewesen.

Ein Schauer durchfuhr ihn. In den letzten beiden Wochen hatte er mehrmals nächtliche Anrufe erhalten. Die Leitung schien aber immer tot. Er hatte sie nicht mehr mit diesem alten Fall in Verbindung gebracht. Das war schließlich über zehn Jahre her.

Sein Telefon klingelte. Lendermann schaute aufs Display, die Nummer war unterdrückt. Er gab den anderen ein Zeichen, dass sie still sein sollten. Er nahm den Anruf an, ohne etwas zu sagen und stellte auf Mithören. „Es geht weiter", dröhnte eine verzerrte Stimme aus dem Lautsprecher. „Hast du gedacht, es ist vorbei?"

7. Kapitel: Der Brief

Mein lieber Teddy,

ich schreibe dir, weil ich weiß, dass sie mich kriegen werden. Ehrlich gesagt, will ich sogar, dass sie mich kriegen. Die letzten Jahre … Du warst der Einzige, der mich all die Zeit nicht vergessen hat. Ich erwarte nicht von dir, dass du mich diesmal besuchen kommst. Ich erwarte nicht, dass du es verstehst, aber ich muss es zu Ende bringen. Ich hatte viel Zeit zum Nachdenken.

Das mit Ralf damals –

Jeder wusste, dass es kein Unfall war, aber es gab keine Spuren, die sie zu mir geführt hätten. Ich war im sechsten Monat schwanger. Es ging mir so schlecht.[*] Ich wusste, dass Ralf sich in diesem Väterforum herumtrieb,

---

[*] Swetlana Alexijewitsch: Tschernobyl. Eine Chronik der Zukunft, Berlin: Berliner Taschenbuchverlag 2006.

dieser Schwindler. Es war schließlich nicht er, der durch diese Hölle gehen musste. Ralf hat sich immer genommen, was er wollte. In dieser Nacht – ich war total betrunken. Ich erinnere mich nicht an Details. Nur an die Schmerzen, an dieses Gefühl. Wochen-, monatelang ging es mir so schlecht. Es klingt vielleicht verrückt, aber ich konnte nur noch daran denken, dass ich diese Nacht ungeschehen machen wollte, dass ich wieder *ich* sein wollte. Obwohl es so offensichtlich war, kam mir nicht in den Sinn, dass ich schwanger sein könnte. Als es mir klar wurde, war es für einen legalen Abbruch längst zu spät. An manchen Tagen betrank ich mich in der Hoffnung, dass …

Ich musste mich an Ralf dafür rächen, was er mir angetan hatte. Zuerst wollte ich ihm nur Angst machen. Ich loggte mich in diesem idiotischen Väterforum ein. Er erzählte überall stolz, dass er bald Papa wird. Ich eröffnete Threads, in denen ich den Tod eines der Väter ankündigte. Erst ganz allgemein, dann immer deutlicher auf ihn bezogen. Ich genoss seine Angst. Er war nervös, bleich, er litt. Aber das war mir nicht genug.

Es ist leichter, als du denkst, an ein Moped zu kommen, das niemand vermisst. Und noch leichter, es anschließend verschwinden zu lassen.

Ich war froh, diesen miesen Heuchler endlich los zu sein. Es war absurd, wie alle mich bemitleideten. Aber der Horror fing erst an. Das Kind bewegte sich in meinem Körper. Es war so unheimlich. Ich wollte es einfach nur loswerden. Ich weiß nicht mehr, wie ich diese Zeit überstand. Ein Teil von mir wünschte sich, dass endlich die Polizei vor der Tür stehen und mich mitnehmen würde. Aber sie kamen nicht. Natürlich graute mir vor einem Leben im Knast, aber mir graute noch mehr davor, was ich mir oder dem Kind antun würde. In meiner Verzweiflung vertraute ich mich dieser Tussi in der Beratungsstelle an. Das war der größte Fehler meines Lebens, Teddy. Sie verstand mich nicht. Ich rief bei diesem Schwachkopf von Bullen an. Immer wieder, aber nichts.

Ich machte mir Vorwürfe. Ralf, der hatte es verdient. Aber ein unschuldiges Kind –

Sie könnte noch am Leben sein, wenn sie mich früher geholt hätten, wenn sie begriffen hätten. Aber selbst nach allem, was passiert ist, haben sie nie mich verdächtigt. Es hieß immer, ich hätte seinen Tod nicht verkraftet. War mit dem Kind überfordert …

Du warst der Einzige, der mich in der Anstalt besucht hat, Teddy. Das werde ich dir nie vergessen. Und du bist der einzige Freund, den ich jemals hatte.

Aber jetzt – Ich werde niemals ein normales Leben führen können. Es ist besser für alle. Und ich habe mich so daran gewöhnt, in den engen Grenzen eines ereignislosen Alltags zu leben, mich von Mahlzeit zu Mahlzeit zu hangeln mit dem einzigen Ziel, den Tag zu überstehen. Bitte versprich mir, dass du mit diesem Schreiben zur Polizei gehst, wenn sie es wieder vermasseln. Ich halte es nicht mehr aus.

Erinnerst du dich an Silvana Dehnert? Diese Tussi aus der Frauenberatungsstelle, die meinte, ich sollte es mal mit Massieren probieren, um wieder in Kontakt mit mir selbst zu kommen? Ich treffe sie heute.

8. Kapitel: Die Therapiesitzung

Um 11:05 Uhr hatte Maik einen Termin bei seiner Therapeutin. Schon durch die Uhrzeit fühlte er sich beleidigt. Er war ein Baustein in ihrem streng getakteten Zeitplan. Um exakt 11:55 Uhr würde sie ihren Stift auf das Tischchen legen und auf die Uhr schauen. Das war das Zeichen für ihn, dass es Zeit war, zu gehen. Das war doch alles affig. Wie sollte sie ihm schon helfen? Er machte diese Therapie sowieso nur seiner Mutter zuliebe. Sie war der Meinung, dass es nun wirklich langsam Zeit war, dass er eine Frau fand und von zu Hause auszog. Sie wollte ihn im Grunde auch nur loswerden. Aber von den Frauen, für die er sich interessierte, wollte ihn nun mal keine.

„Beim letzten Mal haben wir ja darüber gesprochen, dass Sie denken, alle Frauen würden Sie ablehnen", sagte die Therapeutin. „Oft ist es so, dass das erste Erlebnis, das wir mit etwas haben, unser späteres Bild von dieser Sache prägt. In Ihrem Fall: die Liebe. Können Sie sich noch an Ihre erste große Liebe erinnern?"

Maik erinnerte sich sehr gut an seine erste Liebe. In der fünften Klasse hatte er sich in sie verliebt: Lina. Zuerst war sie ihm gar nicht besonders aufgefallen. Doch als sie in der Film-AG zusammen dieses Stadtmodell bas-

155

telten und er jede Woche zwei Stunden in ihrer Nähe verbrachte, begann er, sich für sie zu interessieren. Antonio, der eigentlich auch in ihrer Gruppe war, war ständig krank oder schwänzte die letzten Stunden. Und so verbrachten Maik und Lina allein die Zeit damit, konzentriert kleine Häuser aus Pappmaschee zu bauen und zu bemalen. Sie wollten, dass die Stadt richtig echt aussah, wenn später mit der Filmkamera Aufnahmen davon gemacht würden. Die Fenster bestanden aus kleinen Quadraten aus Alufolie. Damit die Dächer echt aussahen, zeichneten sie die Ziegel einzeln auf. Es waren die schönsten zwei Stunden der Woche, bis …

Bis zu diesem unsäglichen Tag, an dem Antonio plötzlich doch auftauchte und von der Lehrerin ordentlich getadelt wurde. Erst empfand Maik Genugtuung, doch was Antonio dann von sich gab, würde er nie wieder vergessen. Es zerstörte den letzten Rest seines Selbstwertgefühls, das sich gerade in der Gesellschaft von Lina ein wenig zu erholen begonnen hatte. „Ich will nicht mit diesem Spasti in einer Gruppe sein. Mein Vater hat gesagt, der sollte besser zurück auf die Behindertenschule, wo er herkommt." Maik hatte sich in seinem Leben schon oft geschämt. Dafür, dass er nicht so gut lesen konnte, dafür, dass er ein bisschen zu groß war für sein Alter und er ständig Hochwasserhosen tragen musste, dafür, dass er auf dieser Schule gewesen war …
Aber noch nie hatte er sich so bloßgestellt und beschämt gefühlt wie in diesem Augenblick. Und das Schlimmste

156

war, dass Lina das alles mit ansah. In dem Moment brannte irgendeine Sicherung in ihm durch. Am liebsten hätte er Antonio das Maul gestopft, hätte ihm so richtig eins übergezogen. Aber er wusste, dass man nie auf Schwächere einschlagen durfte. Antonio war doch nur ein kleiner Grashüpfer gegen ihn. In seiner Wut griff er nach dem Farbtopf. Antonio mit Farbe zu begießen war nicht ihn schlagen. Doch seine Lehrerin begriff sofort, was er vorhatte. „Wag es nicht!" Ihre Stimme bahnte sich ihren Weg durch das brüllende Chaos in seinem Kopf. Was dann geschah, hatte er nicht geplant. Es passierte einfach. Er goss die gesamte Farbe über das Modell. Alles, die Fassaden, die Fenster, die Dächer, war dahin.[*] Die ganze filigrane Arbeit umsonst. Maik ergriff eine unbändige Wut gegen sich selbst. Er wusste, dass nun alles vorbei war. Und hätte die Lehrerin ihn nicht zur Seite genommen, vielleicht hätte er auch noch auf die kleine Stadt eingeschlagen.

Der Vorfall hatte Konsequenzen. Antonio musste sich bei ihm entschuldigen. Lächerlich. Maik musste in eine bescheuerte Gewaltpräventionsgruppe. Und Lina, die schaute ihn nie wieder an. Es war auch ihre Stadt gewesen, die er da zerstört hatte.

„Und wie geht es Ihnen jetzt damit, dass Sie dieses Erlebnis erzählt haben?", fragte die Therapeutin. „Beschissen", antwortete Maik. „Ich glaube, ich brauche Urlaub."

---

[*] Daniel Kehlmann: Tyll, Reinbek bei Hamburg: Rowohlt 2017.

9. Kapitel: Maik macht (vielleicht) Urlaub

Wenn man finanziell nicht so gut aufgestellt ist, muss man einen Urlaub gut planen. Man kann nicht einfach in eine Pension in Berchtesgaden fahren, nur um dann vor Ort festzustellen, dass man das letzte Loch gebucht hat. Selbstversorgerküche mit kaputtem Ofen oder so. Maik dachte an einen Urlaub mit seiner Mutter. Er war damals vielleicht vierzehn oder fünfzehn. Eine Reise war nicht jedes Jahr drin, und entsprechend überzogen waren die Erwartungen seiner Mutter damals gewesen. Sie hatte den gesamten Urlaub ruiniert mit ihren ständigen Nervenzusammenbrüchen, weil nichts so war, wie sie es sich vorgestellt hatte. So hart gearbeitet, so lange gespart, und dann dieser Reinfall. Eine Pension mit Blick auf einen Betonbunker direkt neben einem billigen Restaurant. Der Geruch von altem Fett Tag und Nacht inklusive.

Seitdem hatte es keinen Urlaub mehr für ihn gegeben. Aber wenn er an sein Erspartes ging, könnte er sich eine Woche Luxus gönnen. Er wollte nicht nur ein Wochenende nach Cuxhaven. Er wollte ins Ausland. Um einen Reinfall wie damals auszuschließen, machte er eine Wissenschaft aus seinen Urlaubsplanungen. Frankreich und Österreich konnte er vergessen, zu teuer. Ungarn, Rumänien, Tschechien, Kroatien, Bulgarien: Diese Länder kamen infrage. In Kroatien beeindruckte ihn die Küstenlandschaft, in Rumänien waren es die Karpaten. Er schaute sich Videos auf YouTube über Länder und Städte, Sehenswürdigkeiten und Unterkünfte an. Als er bei

Kochvideos zu ungarischen Rezepten angelangt war, hätte er die Kurve noch kriegen können. Wenn man Kochvideos schaut, ist man noch nicht so lost, als wenn man bereits in der Crazy-Animal-Sektion von YouTube angekommen ist. Ein singendes Gnu brachte ihn auf Abwege. Er fragte sich, was eigentlich der Unterschied zwischen Gnus und Yaks ist. Laut Wikipedia leben Gnus in Afrika, Yaks in Asien. *Yakety yak, don't talk back* ... Natürlich hatte er jetzt einen Ohrwurm, während er begann, eine Dokumentation über Kirgisistan zu schauen. Ein Typ in dem Video erzählt, dass er mit der Viehzucht aufgewachsen sei und dass seine Familie praktisch seit eh und je auf dem Rücken ihrer Pferde lebte. Er wolle aber nicht, dass seine Kinder dasselbe Leben führen. Sie sollten die Schule besuchen und in die Welt hinausgehen, zumindest die Jüngsten. Während er das sagt, werden im Hintergrund die Schafherde und die Yakherde mit den beladenen Ochsen ge[*]zeigt. Sein ältester Sohn stand schon mittendrin in diesem Leben. Eine Schule habe er nie besucht. Aber für die beiden Jüngeren sei die Steppe keine Zukunft.

Solch ein Leben wünschte sich Maik auch. Nicht das der jüngeren Kinder, die die Schule besuchen sollten, sondern das des Ältesten, der jetzt stumm und irgendwie erhaben in die Kamera schaute. Hineingeboren in eine Welt, in der die Söhne die Arbeit der Väter übernehmen,

---

[*] Galsan Tschinag: Der blaue Himmel, Frankfurt am Main: Suhrkamp 2003.

ohne dass sie im Klassenzimmer gedemütigt werden. Maik schaute auf die Uhr. Es war schon nach Mitternacht, und er hatte noch immer kein Reiseziel ausgewählt. Das singende Gnu nahm sich wieder den Raum in seinem Kopf, der ihm seiner Meinung nach zustand: „I'm a G-nu, the g-nicest work of g-nature in the zoo …"

Vielleicht sollte er das Geld doch sparen. Ihm würde sicher eine passende Verwendung dafür einfallen.

10. Kapitel: Vollmond

Manchmal träume ich auf Englisch, besonders bei Vollmond. Ich weiß, manche Menschen sagen, das ist alles Quatsch mit dem Mond. Aber das ist es nicht. Ich kann zuverlässig anhand meiner Träume bestimmen, ob wir Neumond oder Vollmond haben. Die besonders intensiven Träume treten bei Vollmond auf. Und sie handeln meistens von meinem Cousin Nimmo, meinem Bruder Hassan und mir.

In my dream, there are Nimmo, me and Hassan, chasing each other between tangles of trees in my father's yard[*]. In my dream light bursts through the leaves of the trees, the birds sing horribly loud and the sky scatters into thousand fragments.

Ich wache auf, mein Herz rast, mein Körper ist heiß und schwach wie bei einem Fieber. Ich konzentriere mich auf das Atmen und denke an Jerry und Bosko, die Esel meines Onkels Sedat. Die weichen Nüstern, die beruhi-

---

[*]   Khaled Hosseini: The Kite Runner, London: Bloomsbury 2003.

gende Wärme ihres Körpers. Die grünen Wiesen, der Duft von Brennnesseln im Frühling. Der Traum zerrinnt.

Vor Kälte zitternd sinke ich wieder in das Kissen, ziehe die Decke bis ans Kinn. Mein Kopf ist heiß, meine Hände glühen, und doch fühle ich mich, als hätte ich eine Kugel aus eisigem Metall verschluckt, von der aus Kälte durch meinen Körper strömt.

Hassan's face, laughing. The light – burning, flashing, screaming.

Schweißgebadet lehne ich an der Wand, um mich abzukühlen. Ich sehne mich nach dem abnehmenden Mond, nach ruhigeren Nächten. Ummi sagt, ich habe diese Träume nicht in meiner Muttersprache, weil ich das, was geschehen ist, transformieren will, und zwar in eine Geschichte, etwas, das mich gar nicht betrifft, das nicht ‚wirklich' geschehen ist. Sie sagt, es wird aufhören, wenn ich mich der Erinnerung stelle, wenn ich erzähle, was damals geschehen ist. Nicht durch das Kaleidoskop einer fremden Sprache, verworren in Traumgedanken.

Aber ich kann es nicht erzählen.

Auch Nimmo schweigt. Er sagt, er erinnert sich nicht an seine Kindheit. Er sagt, er kennt Hassan nur aus den Fotoalben seines Vaters.

11. Kapitel: Hassan

Ich werde aufschreiben, was passiert ist, auch wenn ich es nicht in meiner Sprache tun kann. Die Sprache meiner Träume wird mir den Mut geben, mich vorzuwagen, in den düstersten Winkel meiner Erinnerung. Ich werde mich selbst austricksen.

I was six years old. My brother Hassan was fourteen, a great deal older, Nimmo was really only six or seven years older.[*] We were playing in my father's yard. Chasing each other, running, climbing the trees. Hassan laughing, always way ahead. I adored my brother. He was like one of these heroes I had seen in Nimmo's comic books. –

Nein, ich will meinen Bruder nicht heroisieren. Er war ein Junge wie jeder andere. Aber in meinem kindlichen Erleben erschien er mir so übergroß, so unerreichbar. Unerreichbar, das ist er auch jetzt. Kein Tag vergeht, an dem ich nicht an ihn denke. Und doch sind die Ereignisse dieses Tages verschwommen: Ich war sechs. Unser Garten war ein magischer Ort, von seltsamen Wesen bevölkert, manche von ihnen gruselig und gefährlich, aber ich war sicher: Im Garten meines Vaters und in der Obhut meines Bruders konnte mir nichts passieren.

Mein Vater hatte es uns an diesem Tag verboten, in den Garten zu gehen. Warum waren wir trotzdem dort, als es passierte?

My brother's face. Burnt. Disfigured.

Wie hoch ist die Wahrscheinlichkeit, beim Spielen im Garten von einem Blitz getroffen zu werden? Warum haben wir an diesem Tag nicht auf unseren Vater gehört?

---

[*] Arundhati Roy: The Ministry of Utmost Happiness, London: Hamish Hamilton, Druck von Penguin Books 2017.

Warum haben wir nicht auf unseren Vater gehört? Warum haben wir nicht auf ihn gehört? Warum? Warum?

Du fehlst mir, Hassan. Ich wünschte, ich hätte das hier nicht geschrieben. Ich wünschte, der Vollmond hielte das Bild deines entstellten Gesichts weiterhin vor mir verborgen mit seinen Gedankenwolken und Metaphern. Ich wünschte, wir hätten an diesem Tag das Haus nicht verlassen, wir hätten am Küchentisch gesessen und in deinen Comics geblättert. Du wärst jetzt 32. Nimmo und ich wären nicht verstummt. Und das Herz unseres Vaters wäre noch ganz.

12. Kapitel: Edith grenzt sich ab

Es ist herrlich, so mit Vollgas über die Autobahn zu brettern, fand Edith. Im Kofferraum hatte sie eine Tasche mit Badesachen, eine Box mit gekühlten Getränken, einige Tüten Chips und eine Decke. Nur noch zwei Stunden bis zur Küste.

Als sie endlich angekommen war, stellte Edith den Wagen auf den Strandparkplatz, zog die Schuhe aus und schleppte die Kühlbox mit den Getränken durch den Dünenweg an den Strand. – Und jetzt?[*] Viel war hier um diese Zeit nicht los. Was hatte sie sich gedacht? Dass hier eine Strandparty im Gange wäre und man sie mit offenen Armen empfangen würde? Sie setzte die Kiste im Sand

---

[*] Navid Kermani: Einbruch der Wirklichkeit. Auf dem Flüchtlingstreck durch Europa, München: C. H. Beck 2016.

ab und stand einen Augenblick lang unschlüssig da, den Blick Richtung Horizont. Wasser war auch keines da. Sie hätte natürlich vorher in den Tidenkalender gucken können. Edith zuckte mit den Schultern. Die Flut würde schon irgendwann kommen. Sie hatte ja keine Eile, und baden wollte sie sowieso nicht. Und um gute Laune zu haben, brauchte sie auch keine Party. Sie setzte sich in den Sand, holte eine Flasche Zitronenlimonade aus der Box, schaute in die Weite und ließ auf dem Handy ihre Lieblingsplaylist laufen.

Die neue Unabhängigkeit gefiel ihr. Dietmar mit seinem Riesenego hatte sie so lange davon abgehalten, ihr eigenes Leben zu leben. Sie hatte ihre Wünsche zurückgestellt und sich immer nach ihm gerichtet. Nicht ein einziges Mal in den zehn Jahren, die sie zusammen waren, hatte sie ihn dazu überreden können, im Urlaub ans Meer zu fahren. Er wollte in den Bergen wandern. Die Küste war seiner Meinung nach langweilig und das Flachland beleidigte das Auge durch seine Grenzenlosigkeit. Dietmars Wünsche hatten immer mehr gegolten als ihre. Der Schwarzwald hing ihr zum Hals heraus. Wütend saugte Edith ihre Limo durch den Strohhalm. Sie war total verkrampft. Dabei war sie doch zum Entspannen hergekommen. Sie spielte mit den nackten Füßen im weichen Sand. Erinnerungen an frühere Urlaube schossen ihr durch den Kopf. Lange vor Dietmar. Glückliche Familienurlaube mit ihren Eltern und Schwestern. Plötzlich fühlte Edith sich niedergeschlagen. Ihr war, als hätte sie alles verloren, alles verkehrt gemacht. Sie hatte zehn Jahre ihres Lebens mit Dietmar verschwendet, der immer nur sich selbst gesehen hatte und für den sie sich selbst völlig aufgegeben hatte. Und jetzt war sie unfähig, ihr eigenes Leben zu genießen. Edith schloss die Augen und legte sich rücklings in den Sand. Ein leichter Wind wehte und blies ihr die Sandkörner ins Gesicht. Sie musste ganz von vorn anfangen, ihr Leben selbst in die Hand nehmen.

„Hey, schöne Frau!" Eine kratzige Stimme riss sie aus ihren Gedanken. „Ganz allein?" Das hatte ihr gerade noch gefehlt. Der Typ schwenkte eine Bierflasche in der Hand. „Darf ich mich zu dir setzen?" Es war ein öffentlicher Strand. Konnte sie es ihm verbieten?

„Du kannst mich Günni nennen. Alle meine Freunde nennen mich so. Günni, der Strandwart. Ich passe auf, dass schönen Frauen wie dir nichts passiert. Hab ich ein Auge drauf, weißt du? Passiert ja immer so allerhand." Edith setzte sich auf. Sie schämte sich für ihre nackten Füße und dafür, dass sie sich schämte.

„Interessanter Beruf", sagte sie und lächelte höflich. Hoffentlich gab es noch irgendwelche anderen schönen Frauen, die Günni demnächst retten musste. Edith fühlte sich unwohl. Aber sollte sie einfach aufstehen und gehen? Sowas macht man ja nun auch nicht.

„Mein Vater hatte einen Fischkutter. Da bin ich damals schon als kleiner Pöks immer mit rausgefahren." Günni lachte. „Meine Oma hatte mir die Geschichte von Moby Dick erzählt. Und ich kleiner Bengel dachte natürlich, ich könnte auch mal einen Wal erlegen. Das wäre 'ne Trophäe gewesen! Sach ma, wie heißt du eigentlich?" Edith stammelte verlegen ihren Namen und ärgerte sich sofort darüber. Günni, der Strandwart und Waljäger, hatte sie belagert, und sie schaffte es nicht, sich abzugrenzen. Dietmar würde sie verspotten, sie auslachen. Der Gedanke an ihn versetze ihr einen Stich. Sie vermisste ihn. Das war alles so verkehrt.

13. Kapitel: Irma macht sich unsichtbar

Irma hatte jetzt wirklich die Schnauze voll. Ihre Kollegin Ellen hatte es mal wieder geschafft, sich bei allen einzuschleimen und die Lorbeeren für etwas einzusacken, das Irmas Idee gewesen war. Seit Monaten schoben alle das Problem vor sich her, dass die Einarbeitung der neuen Mitarbeiter nicht funktionierte. Wer nicht innerhalb der ersten drei Monate schon wieder weg war, nervte alle Kollegen durch ständiges Nachfragen oder kostete das Unternehmen Zeit und Geld durch vermeidbare Fehler. Schon damals bei ihrer eigenen Einarbeitung hatte Irma gedacht, wie praktisch es wäre, bei solchen Fragen in einer Wissensdatenbank mit den wichtigsten Informationen nachschauen zu können. Alles an einer Stelle. Stattdessen hatte sie ständig herumfragen müssen, und jeder hatte ihr etwas anderes erzählt. Jetzt, da den anderen durch das Ausscheiden der älteren Kollegen das Problem auch so langsam bewusst wurde, hatte sie diesen Vorschlag noch einmal in der letzten Dienstbesprechung gemacht: Gemeinsam könnten sie festlegen, welche Einträge notwendig sind. Diese ließen sich dann ganz einfach unter den Mitarbeitern aufteilen. Tatjana hatte die meisten Erfahrungen mit dem Ämterkontakt, Gerald könnte die rechtlichen Grundlagen zusammentragen, Ellen die notwendigen ersten Schritte im Kontakt mit den Klienten beschreiben, und sie selbst würde ein digitales Nachschlagewerk erstellen, auf das alle Abteilungen Zugriff haben. Uta und Freia waren über ihren Vorschlag hinweggegangen, als hätten sie ihn nicht gehört. Irma war frustriert gewesen, aber irgendwie hatte sie sich auch schon daran gewöhnt, übergangen zu werden. Sie hatte sich am Nachmittag bei ihrer Freundin Arzu darüber beklagt, aber am nächsten Tag hatte sie den Vorfall schon fast vergessen. Im Büro herrschte sowieso ständig Chaos, und vermutlich hätte ohnehin niemand die Disziplin gehabt, seinen Beitrag fertigzustellen. Vielleicht sollte sie ihre Energie lieber darauf verwenden, eine neue Stelle zu finden.

Aber was hier gerade wieder in der Dienstbesprechung abgegangen war, konnte sie einfach nicht glauben. Ellen hatte genau den gleichen Vorschlag gemacht wie sie in der letzten Sitzung. Mit ihrer übertriebenen, affektierten Art. Es musste doch allen auffallen, dass das ihr, Irmas, Vorschlag war. Aber nein. Ellen wurde von allen Seiten mit Lob überschüttet: „Das ist ja 'ne klasse Idee", „Super, Ellen", „Ellen, unsere gute Fee wieder!" Irma explodierte, zersprang in Milliarden Teile. In ihren Ohren dröhnte und klingelte es. Sämtliche Gläser im Besprechungsraum zersprangen, und die Bilder fielen von den Wänden. Der Lärm war ohrenbetäubend. Niemand bemerkte etwas. Wie zum Teufel konnte das sein? Wie konnte es sein, dass diese Frau so viel Anerkennung bekam und man sie, Irma, einfach immer überging? Als Irma gerade dachte, dass ihr Blutdruck wieder im Normalbereich lag, verkündete Ellen, dass sie leider durch all ihre Projekte, für die sie schon so viel leistete, keine Zeit habe, sich um die Umsetzung der Datenbank zu kümmern. Irmas Puls schoss wieder nach oben und fast wären alle Bilder noch einmal von den Wänden gefallen. Diese dumme Kuh betreute zwei Projekte weniger als sie selbst. „Na, du hattest ja die Idee. Jetzt kann mal jemand anders ran."

Als Irma Arzu davon erzählte, seufzte die nur. „Es ist doch immer das Gleiche. Gewöhn dich dran, dass deine Kollegen Idioten sind, oder unternimm was. Stampf mal mit dem Fuß auf." Arzus Tochter Merve wuselte demonstrativ uninteressiert in einer Ecke der Küche herum. Es schien sehr aufwendig zu sein, dass Futter für die Katzen gerecht auf zwei Näpfe aufzuteilen. „Aber die nehmen mich einfach nicht wahr", widersprach Irma. „Auf mich hört da keiner. Ich kann mit den besten Vorschlägen kommen. Ich bin für die unsichtbar." Merve hielt es nun nicht länger aus, die Beschäftigte zu spielen. Sie stellte die Packung mit dem Futter zurück in den Schrank und kam zu ihnen herüber. Natürlich hatte sie alles mitange hört. „Kannst du dich wirklich unsichtbar machen? Das ist meine Lieblingssuperkraft." – „Na ja, nicht so richtig. Die anderen beachten mich nur nicht." Auch Merve schien ihr nicht richtig zuzuhören. „Kannst du mir zeigen, wie das geht?" Arzu lachte. „Nein, aber sie kann dir jetzt zeigen, wie man sich die Zähne putzt und ins Bett geht." – „Och menno", maulte Merve und stapfte beleidigt ins Badezimmer. Aber Irma dachte, dass es eigentlich gar keine so schlechte Idee war. Es war eine Sache, übersehen zu werden und sich deswegen mies und übergangen zu fühlen, und eine andere, für andere unsichtbar zu sein – und darauf vorbereitet.[*]

Sie hatte ganz offenbar eine natürliche Begabung. Sie wurde bereits häufig übersehen. Sie musste diese Fähigkeit nur perfektionieren. Denn wirklich unsichtbar zu sein, hätte einen immensen Vorteil. Sie könnte dann einfach kündigen. Sie könnte sich auf dem Wochenmarkt und in den Geschäften nehmen, was sie brauchte. Sie könnte, wenn sie Lust hätte, einfach in einem Einrichtungsgeschäft oder in einem teuren Hotel übernachten. Sie könnte ohne Eintritt zu bezahlen, stundenlang im Schwimmbad duschen und mit dem Zug fahren, wohin sie wollte. Niemand würde sie erwischen. Merve hatte recht. Das war eine Superkraft. Und wenn sie die perfekt beherrschte, würde sie ihr auch zeigen, wie man sie einsetzt.

---

[*] Elif Shafak: Der Geruch des Paradieses, Zürich/Berlin: Kein & Aber 2016.

14. Kapitel: Ein neues Leben

Olfi saß am Wohnzimmertisch und drehte sich eine Zigarette. Eine Viertelstunde blieb ihm noch hier in seiner
vertrauten Umgebung. Dann würden sie kommen und
seine Wohnung ausräumen. Irgendwelche Typen vom
Amt oder vom Gericht. In seinen Augen waren das
Diebe. Sie wollten ihm das wenige nehmen, das er noch
hatte. Olfi hieß eigentlich Olaf Dudenhöffer. Der Name
hatte einmal etwas bedeutet. In seiner Jugend war er
nämlich ein guter Schwimmer gewesen, hatte Medaillen
geholt. Alle waren damals stolz auf ihn, allen voran seine
Eltern. Als er die Wettkämpfe wegen seines Asthmas aufgeben musste, trainierte er die Nachwuchsschwimmer im
Verein. Zuerst hatte ihn das frustriert. Die Knirpse nervten ihn. Und es schmerzte, dass seine Zeit vorbei war,
während sie ihre besten Jahre, die Erfolge, den Rausch
noch vor sich hatten. Aber im Grunde hatten sie keine
Ahnung. Einfältige Jugend. Was wünschen sie auch anderes in diesem Le*ben als Erfolg, diese unerfahrenen,
dummen Bengel. Sie wussten ja nicht, was das wirklich
bedeutete und dass es von einem auf den anderen Tag
vorbei sein kann. Wie alles im Leben. Wie das hier. Olfi
sah auf die Uhr. Die waren zu spät. Aber was kümmerte
es ihn? Er steckte sich noch eine Zigarette an und blies
den Rauch langsam Richtung Zimmerdecke. Es klingelte.
Vier oder fünf Leute standen vor der Tür. Sie waren ihm

---

*   Erasmus von Rotterdam: Das Lob der Torheit, Stuttgart: Reclam
2004.

sofort unsympathisch. Machten eine Hektik und behandelten ihn wie einen Trottel. Respektlos. Das war es. Diese Leute, die hierher kamen in seine Wohnung, um sie ihm wegzunehmen, um ihm seine Fehler unter die Nase zu reiben. Die hielten sich für etwas Besseres. Aber die Wahrheit ist, sie hatten einfach keinen Anstand.

„So, dann woll'n wa hier ma kieken", sagte die eine übertrieben laut. „Na, Kumpel, dann verlassen wir jetzt mal die Bude, wa?", sagte ein anderer, der Sozialarbeiter. Mario irgendwas. „Brauchst gar nicht so kumpelhaft zu tun", schnauzte Olfi ihn an. Am liebsten hätte er ihm den letzten Rauch seiner Zigarette ins Gesicht gepustet, aber das war eben der Unterschied. Er hatte Anstand. Allerdings war das nun das Einzige, das er noch hatte. Dieser gönnerhafte Schnösel von Sozialarbeiter wollte ihm noch irgendwelche Tipps mitgeben. Als ob dieses Jungchen irgendwas vom richtigen Leben wusste. Er ließ ihn stehen und verließ in Würde seine Wohnung. Wehmut verbot er sich.

Vor der Haustür schnippte er den Zigarettenstummel auf die Straße. Da war der Typ schon wieder, dieser Sozialarsch. „Was willste denn von mir?" – „Ich will Ihnen bei den ersten Schritten helfen. Oder wollen Sie heute auf der Straße übernachten?" – „Du kannst dich nicht mal entscheiden, ob ich nen Kumpel für dich bin oder ob du mich siezen willst. Wobei willst du mir helfen, Junge? Hat dir schon mal jemand alles weggenommen?" – „Sie haben Ihre Miete seit sechs Monaten nicht bezahlt. Die Vermieterin war noch kulant." – „Ach hau mir doch ab."

Olfi hatte nichts aus der Wohnung mitgenommen, hatte nichts geregelt, sich keine Unterkunft für die Nacht gesucht. „Scheiße", fluchte er vor sich hin. Irgendwie war ihm klar, dass er alles versiebt hatte. Aber er würde auf keinen Fall ins Männerwohnheim gehen. Lieber würde er auf der Straße schlafen. Er brauchte nur eine Bank oder ein Stückchen Wiese.

Stundenlang stromerte er umher. Er war schon lange nicht mehr draußen gewesen. Maximal bis zum Supermarkt. Seine Beine taten ihm weh. Aber er ignorierte den Schmerz, ignorierte die Blicke der Leute, den Lärm in den Straßen, den Hunger. Zigaretten hatte er auch keine mehr.

Inzwischen war er längst über die Stadtgrenze hinaus. Hier war er noch nie gewesen. Irgendwie gefiel ihm dieses kleine Dorf. Sein Gefühl sagte ihm, dass er hier einen Schlafplatz finden würde. Vielleicht hatte er einen inneren Kompass oder sowas. Es zog ihn in Richtung eines Parks hinter der Kirche. Ein Park ist gut, dachte er. Dort konnte er sich in Ruhe eine Bank zum Schlafen suchen. Es dämmerte schon. Auf der anderen Seite der Wiese sah er zwei Bänke. Auf die hielt er zu. Als er die Wiese zur Hälfte überquert hatte, bemerkte er, dass auf einer der Bänke bereits jemand lag. „Hoffentlich keine Leiche", dachte Olfi. Irgendjemand hatte ihn sicher hier in der Gegend gesehen. Und natürlich würden sie einen wie ihn sofort verdächtigen. „Hey", die Leiche klang aufgebracht. „Was glotzte? Noch nie nen Penner gesehen?" – „Doch, schon oft im Spiegel", sagte Olfi matt. Der andere musterte ihn. „Hab dich hier noch nie bemerkt." – „Weil ich hier noch nie war." – „Aha. Tiefsinnig. Und was willste jetzt hier?" – „Schlafen." – „Na, ist ja noch 'ne Bank frei." – „Hunger hab ich schon", stammelte Olfi, dem nicht entgangen war, dass an der Bank ein Beutel baumelte. Der Mann auf der Bank wies mit dem Kopf in die Richtung. „Nimm dir was. Aber von dem Brot nur die Hälfte. Fürs Frühstück muss noch was übrig bleiben." In der Tasche steckte ein Stück Fladenbrot. Olfi teilte es in zwei Teile und aß die eine Hälfte. Dann griff er noch einmal zu, verspeiste auch die zweite Hälfte und den Rest aus einem Becher Krautsalat. „Ey, hast du etwa alles weggeputzt?" Olfi versuchte, sich schuldig zu fühlen. Es gelang ihm nicht. Der Hunger war noch immer nicht ganz gestillt, aber es ging erstmal. Die Müdigkeit war plötzlich wie eine Bleidecke, die sich schwer über ihn legte. „Ich besorge uns morgen Kaffee und was zu futtern", versprach er, bevor ihm die Augen zufielen.

15. Kapitel: Ideale

Moderne Theaterinszenierungen konnten interessant sein. Aber meist waren sie vor allem befremdend. Bei dem Wort ,Theater' dachte Helge an nackte Frauen, die wie Objekte über die Bühne getragen wurden, obszönes

Geschrei und Schmierereien mit roter Farbe. Diese Zeit, in der er ein Theater-Abo hatte, das musste kurz nach seinem Germanistikstudium gewesen sein. Damals hatte er sich die Frage gestellt, ob ein Stück wie Woyzeck von Georg Büchner überhaupt eine moderne Inszenierung nötig hatte. Es war schon ohne dies verstörend genug. Überhaupt, Büchner deprimierte ihn. Er war nur 23 Jahre alt geworden und hatte in dieser Zeit mehr geleistet als Helge in seinem gesamten bisherigen Leben. Und er war immerhin schon über 30. Wie konnte einer es schaffen, Medizin zu studieren, mehrere Dramen zu schreiben (die Schüler bis heute im Unterricht lesen müssen) und nebenbei noch Revolutionär zu sein? Helge hatte Philosophie und Germanistik studiert, ein bisschen zu lange (um auch wirklich dem Klischee zu entsprechen und damit seine Omas was zu meckern hatten), hatte den Absprung ins Berufsleben nicht geschafft, ein paar Jahre gejobbt, in der Gastronomie, im Baumarkt, als Nachhilfelehrer, Stadtführer und jetzt als Ghostwriter. Gerade saß er an einer Arbeit über Büchners Leonce und Lena. Für diesen Job hatte er das Stück noch einmal lesen müssen: Prinz Leonce aus dem Königreich Popo und Prinzessin Lena aus dem Königreich Pipi (wahrscheinlich musste man sich als Streber und Durchstarter irgendwelche Ventile für den infantilen Humor suchen, für den man als Fünf-jähriger keine Zeit gehabt hatte, weil man damals schon seine Diss. vorbereitete) – ja, diese beiden sollen also zwangsverheiratet werden. Beide haben dazu wenig Lust und fliehen. Lena mit ihrer Aufpasserin, Leonce mit seinem dem Trinken zugeneigten Kumpel Valerio. Valerios poetische Liebeserklärung an die Flasche aus der zweiten Szene im zweiten Akt ist legendär. Jedenfalls behauptete Helge das jetzt in dieser Bachelorthesis: die Flucht in den Alkohol als einziger Ausweg in einer Welt voller königlicher Ränkeschmiede. Eheschmiede. Eine Ode an die Flasche. „Sie bleibt eins vom ersten Tropfen bis zum letzten. Du brichst das Siegel, und*" – Waren die Flaschen damals versiegelt? Helge googelte „Flaschen im 19. Jahrhundert Siegel" und verlor sich eine halbe Stunde in Bildern und Videos über Flaschensiegel (nicht nur aus dem 19. Jahrhundert). Gut, also Valerio ergeht sich in einem Lobgesang auf das lustige Leben: „Du brichst das Siegel, und alle Träume, die in ihr schlummern, sprühen dir entgegen." Da kennt er allerdings seine spätere Geliebte noch nicht, die Gouvernante einer gewissen Lena aus dem Königreiche Pipi. Der Stoff langweilte Helge. „Wie ein schlecht abgekupferter Shakespeare", erlaubte er sich zu denken. Aber das war wahrscheinlich nur der Neid auf den 23-Jährigen, der alles schon gewesen war, was Helge niemals sein würde: Arzt, Schriftsteller, Revolutionär.

16. Kapitel: Auf eine Zigarette

Hanno schlenderte über den Friedhof. Inzwischen hatte er hier mehr Adressen abzuklappern als im Dorf. Kurt war

---

*   Georg Büchner: Leonce und Lena, Altenmünster: Jazzybee o. J.

gerade erst „umgezogen" und leistete nun wieder seiner Jutta Gesellschaft. Manchmal dachte Hanno darüber nach, wie seltsam es war, dass er bei all diesen Menschen in der Küche und im Garten gesessen hatte. Um ihn herum wurde es leerer und stiller. Früher war im Dorf noch richtig Leben gewesen. Die Kinder hatten auf den Höfen gespielt. Jeder kannte jeden. Heute kannte er die Hälfte der Leute nicht mehr persönlich. Es wohnten jetzt viele junge Familien hier, die zwar freundlich, aber nicht besonders kontaktfreudig waren. Er war jetzt nur noch einer von den gebückten Alten, denen man auf dem Gehweg Platz machte, in denen man aber kaum mehr sah als bedauernswerte Gestalten, die sich nicht mit Smartphones auskannten und denen die Welt zu schnell geworden war. Diese jungen Leute kannten das Dorf nur so, wie es jetzt war, hatten keine Vorstellung von der Lebendigkeit, die es einmal ausgefüllt hatte. Und dass sie, die übrig gebliebenen Alten, es waren, die Tanzabende und Kinderfeste veranstaltet hatten. Damals – so jedenfalls seine Erinnerung – waren die Alten im Dorf keine sonderbaren Fremden mit einer unbekannten Vergangenheit gewesen. Sie waren bei den Festen dabei, wurden von den Kindern und Enkeln mitversorgt, wenn sie es nicht mehr allein konnten. Aber vielleicht hatte er auch nur die Einsamkeit der Übriggebliebenen nicht gesehen, weil er damals mit seinem Leben beschäftigt gewesen war. Hanno steckte sich eine Zigarette an.

HIER RUHT
FAMILIE
GERHARD[*]

Das Grab war mit Kränzen, Schärpen und vertrockneten
Blumen übersät. Stumm grüßte er Kurt und Jutta, zog an
seiner Zigarette und ließ die Gedanken weiter schweifen.
Henri, Kurts und Juttas Sohn, war ein netter Junge.
Wobei ,Junge' natürlich längst nicht mehr das richtige
Wort war. Er müsste nun auch schon um die sechzig sein.
Er hatte damals das Dorf verlassen, um eine Ausbildung
zu machen. Irgendwas hatte ihn immer weiter fortgetrie-
ben, immer weiter weg von zu Hause. Erst war er in die
nächste größere Stadt gezogen, dann an die Landes-
grenze, schließlich war er nach Südostasien ausgewandert
und arbeitete dort in einer Auffangstation für verletzte
Tiere. Mitten im Dschungel. Kurt und Jutta hatten seines
Wissens das Land nie verlassen. Das Meer war ja nicht
weit. Sie brauchten die große weite Welt nicht, wo man
doch die Ostsee praktisch vor der Haustür hatte. Auch
von den Kindern der anderen waren nur wenige geblieben. Die meisten waren in die umliegenden Städte
gezogen, wegen der Arbeit. Richtige Höfe gab es kaum
noch. Seine Nachbarn hatten ein paar Hühner. Die Peter-
sons züchteten Sonnenblumen und gewannen regelmäßig
irgendwelche Preise.

---

[*] Robert Gernhardt: Die Toscana-Therapie. Schauspiel in 19
  Bildern. München: Heyne 1998.

177

Hanno schlenderte weiter in Richtung der Birken, wo
der Friedhof und mit ihm auch das Dorf endete. An den
Ort, an den er auch bald umziehen würde und wo unter

ANNEGRET DÜBBLER

7.6.1935 – 10.9.2014

dann auch sein Name stehen würde.

17. Kapitel: Rainer und Rainer

Rainers Cousin hieß auch Rainer. Das hatte damals für
böses Blut in der Familie gesorgt, denn Rainer war
schließlich zuerst dagewesen. Und wie anmaßend war es
bitte, den Namen einfach zu klauen? Schließlich gab es
viele schöne Namen für Jungen: Gerhard und Dieter,
Jürgen oder Hans-Peter. Aber nein. Vermutlich war da
schon vorher irgendein Zwist gewesen. Man bricht doch
nicht mit der ganzen Familie nur wegen der Namens-
gebung eines Kindes.

Rainer fummelte nervös an seiner Krawatte herum. Bis
vor einigen Monaten hatte er gar nicht gewusst, dass er
überhaupt einen Cousin hatte. Sein Vater hatte seinen
Bruder Berthold nie erwähnt. Als er sich kürzlich für ein
Onlineseminar registrieren wollte, hatte es Probleme mit
der Anmeldung gegeben. Obwohl er sich mit seiner
E-Mail-Adresse eingeschrieben hatte, bekam er keine
Anmeldedaten für die Videokonferenz und die benötigten
Onlinetools. Auf Nachfrage erhielt er die Rückmeldung,
das sei alles bereits letzte Woche an ihn rausgegangen.
Als er beim Veranstalter anrief, hieß es, er sei mit zwei

verschiedenen E-Mail-Adressen registriert, welche denn nun die richtige sei: rainer.gerdes@swg.de oder r.gerdes@gmx.de? Rainer bestätigte die erste Adresse und wunderte sich, wo die GMX-Adresse herkam. Die hatte er definitiv nicht angegeben. Dann dämmerte es auf beiden Seiten der Leitung: Es gab noch eine andere Person mit seinem Namen.

Aufgeregt scannte er am ersten Seminartag den Bildschirm nach dem kleinen Kästchen mit seinem Namensvetter ab. Natürlich wurde direkt über die Doppelgänger gewitzelt. Gleicher Name, gleiche Haarfarbe, ähnliche Frisur. Frage der Seminarleiterin, ob einer der beiden einen Spitznamen habe. Nein? Obwohl die Bildübertragung mies war, sah man ihr an der Nasenspitze an, dass einige mögliche Vorschläge gerade in ihrem Filter für Angemessenheit hängen blieben. „Ich werde Sie einfach Rainer R. – für Rostock – und Rainer B. – für Bremen – nennen." In der Pause schrieb Rainer dem anderen Rainer eine Nachricht im Chat. Und weil das Seminar ziemlich langweilig war und sie beide von ihren Firmen abkommandiert worden waren und deshalb nur mit halbem Ohr zuhörten, chatteten sie einfach weiter. Der Rostock-Rainer musste seine Kamera zwischendurch ausschalten, weil ihn die Kommentare von Bremen-Rainer zum Lachen brachten. Dass sie in Kontakt bleiben wollten, war ihnen bereits am Ende des ersten Seminartages klar. Dass Rainers Mutter beim Sonntagsfrühstück erbleichen und hyperventilieren würde, wenn er ihr von diesem skurrilen Zufall erzählte, war nicht vorher zu erahnen. So kam nun also die ganze Geschichte ans Licht, die der Leser ja schon kennt.

Da versuchte eine arme alte Frau, die ihre Vergangenheit neu geschrieben hatte, ihr schöngefärbtes Leben in Frieden zu führen, in ihrer Wahlheimat, in der sie seit Jahrzehnten lebte und glücklich war und wo sie nichts daran erinnerte, was damals vorgefallen war ... Nichts, außer ihrem Sohn, den sie so sehr liebte, dass sie ihn mit diversen Erzählchen und Ohnmachtsanfällen immer an sich zu binden gewusst hatte. Ach, womit hatte sie das jetzt nur verdient?

„Mama, was ist hier los? Es regt dich doch wohl nicht so auf, dass ich im Arbeitsschutzseminar einem anderen Rainer Nachrichten schreibe." Seine Mutter musste sich erst einmal wieder fassen. Kurz schien sie zu überlegen, ob sie sich in eine Ohnmacht retten solle. Das würde Zeit schinden, vom Thema ablenken. Aber nun war es ja schon so weit gekommen. Und bevor ihr Rainer es von der anderen Seite erfuhr – oh Gott, der Gedanke war unerträglich. Sie goss sich von dem starken heißen Kaffee nach. Und dann erzählte sie dem staunenden Rainer, dass er besser Dieter oder Jürgen geheißen hätte.

Nachdem Erwin darauf bestanden hatte, sich nicht von seinem Bruder und seiner Schwägerin Inge einschüchtern zu lassen, kamen in der Kabelfabrik plötzlich Zweifel an Erwins aufrichtiger sozialistischer Gesinnung auf. Inge, diese Schlange. „Sie konnte es nicht ertragen, dass Erwin und ich glücklich waren. Ihr Rainer war ein schmächtiges Kerlchen. Und du warst so ein Prachtjunge." – „Mama, lass das." – „Ach Gott. Nun ist es ja auch schon zu spät für alles. Und dann – damals war das ja alles nicht so einfach. Das kannst du dir heute gar nicht mehr so vorstellen. Aber uns war klar, dass wir rübermachen mussten. Ich hatte Angst, dort zu bleiben, und Erwin liebte das Abenteuer. Nur wie wir dich rüberbekommen sollten, wussten wir zunächst nicht. Wir hatten einen Bekannten mit Verwandtschaft im Westen. Du kennst doch die Reuters." – „Die, denen wir jedes Jahr Blumen geschickt haben?" – „Genau. Jedes Jahr zum Gedenken an Tag null in unserem neuen Leben. Die haben uns aufgelesen. Ich lag mit dir im Kofferraum. Du warst noch so klein, ach Gott. Du hättest ja jederzeit anfangen können, zu schreien. Aber du warst ganz still und brav, als wüsstest du, um was es geht. Es war ein Wunder, dass wir über die Grenze gekommen sind. Vielleicht war es auch nicht nur Glück. Die Reuters waren auffallend oft bei ihren Verwandten drüben. Aber wir haben damals nicht über sowas gesprochen." – „Und Papa?" – „Der war zu diesem Zeitpunkt mit ein paar anderen beruflich bei einer Firma im Westen und ist da eines Morgens einfach nicht mehr aufgetaucht." – „Das ging so einfach? Mit der Firma in den Westen meine ich?" – „Ich glaube, die mussten das alles unterschreiben. Dass du im Westen nur Gutes

181

sagen[*] sollst und am besten so wenig wie möglich. Viel gesprochen wurde da sowieso nicht."

Rainer war überwältigt. „Der ganze Schnack mit Lübeck und dem Umzug, weil Papa hier Arbeit gefunden hatte, alles bloß erfunden?" – „Was hätten wir denn machen sollen?" – „Alles nur meinetwegen?" – „Ach Junge, das war doch bloß, weil die Inge so eine Schlange war."

Das war keine Geschichte für den Chat im Videokonferenztool. Das war ein Grund, Rainer eine Mail zu schreiben.

18. Kapitel: Zwantje muss zum Yoga

Zwantje hatte eine Challenge verloren. Sie hatte es nicht geschafft, eine ganze Stunde lang keine Miene zu verziehen, während die anderen Blödsinn erzählten. Jetzt musste sie diesen Yogakurs besuchen. Langsam artete das mit den Bestrafungen echt aus. Am Anfang waren es nur absurde Bestellungen in einer Imbissbude oder Telefonanrufe mit verstellter Stimme bei früheren Lehrern. Irgendwas, worüber sie alle hatten lachen können. Das mit Alishas Ladendiebstahl hatte sie schon bescheuert gefunden. Aber ein Yogakurs war wirklich das Letzte. Dafür würde sie sich bei den anderen rächen. Es war Audreys Idee gewesen. Mal sehen, ob sie es durchhielt, einen Tag lang nur Sellerie-Smoothies zu trinken. Wenn

---

[*] Walter Kempowski: Ein Kapitel für sich. Die deutsche Chronik VII, München: btb 1999.

nicht, sollte sie sich schon mal darauf einstellen, dass sie sich als Freiwillige bei den Maltesern melden würde, um Betrunkene rund um das Oktoberfest einzusammeln.

In dem Kurs waren nicht nur Omas, wie Zwantje vermutet hatte, sondern erstaunlich viele, die höchstens so um die dreißig waren. Hatten die alle irgendwelche Wetten verloren? Sie konnte sich nicht vorstellen, dass man sich das freiwillig antat. „Ich begrüße euch alle ganz herzlich zu dieser ersten Stunde", sagte die Yogalehrerin. Zwantje warf Audrey einen Blick zu. Die saß am Rand auf einer Matte und grinste. Dann begann sie demonstrativ wieder damit, auf dem Handy rumzuwischen. Natürlich musste jemand die Strafaktionen überwachen. Und filmen. Sonst konnte Zwantje ja sonstwas erzählen. „Wir machen uns erst mal ganz locker." Es gehörte zur Strafe, dass sie die Challenge nicht erwähnen durfte. Die anderen mussten denken, dass sie das alles freiwillig tat und genauso begeistert war wie sie. Dabei hasste sie Sport. Das Fake-Lächeln fiel ihr schwer und war offenbar auch nicht besonders überzeugend. Die Lehrerin fragte, ob sie Schmerzen habe. „Nur ein kleiner Muskelkrampf", log Zwantje. „Hört auf euren Körper, geht immer nur so weit in die Übung, wie es sich gut anfühlt." – „Wie es sich gut anfühlt, klar", echote Zwantje in Gedanken. Ungefähr so gut wie der Sportunterricht in der Schule damals. Sie musste das Bild von Audrey zwischen all den Oktoberfestleichen heraufbeschwören, um nicht aus der Rolle zu fallen. „Wir dehnen jetzt die Rückenmuskeln." Zwantje schnaufte leicht. Es war ganz schön anstrengend. Irgendwie schien es den anderen viel leichter zu fallen. Sie kam sich richtig blöd vor. Ihr T-Shirt war viel zu kurz. Wenn es hochrutschte, konnte jeder sehen, dass ihr Unterhemd am Saum aufgescheuert war. Warum hatte sie nicht vorher daran gedacht? Überhaupt. Audrey lachte sie schon aus, bloß weil sie überhaupt Unterhemden trug. Sie fühlte sich so uncool. Und ihr war nie klar gewesen, wie lang zwei Minuten wirklich waren. So lange musste sie in dieser Haltung ausharren, zitternd, weil sie gefühlt überhaupt keine Muskeln in den Beinen hatte, und mit erhobenen Händen.[*] Ausgerechnet jetzt schaute Audrey wieder herüber, das Handy auf sie gerichtet. Zwantje konnte nicht mehr. Sie ließ die Arme sinken und sackte in sich zusammen. Jetzt würden alle zu ihr hersehen und sie für völlig unsportlich und dämlich halten. Gott, sie wollte einfach nur im Erdboden versinken. Aber als sie sich verstohlen umsah, bemerkte sie, dass mehrere andere auch längst aufgegeben hatten und mit den Armen schlenkerten. Die meisten Frauen hatten die Augen geschlossen. Niemand interessierte sich für sie. Nur Audrey, die allen nachher direkt davon erzählen würde, was sie für eine schlechte Figur gemacht hatte. Nachher … Zwantje entspannte sich bei dem Gedanken, heute Abend mit den anderen herumzuhängen. Diese Welt hier war wirklich nichts für sie. Sie konnte es kaum erwarten, mit Audrey

---

[*]   António Lobo Antunes: Das Handbuch der Inquisitoren, München: Luchterhand 1997.

184

auf dem Rückweg im Asiamarkt die schärfsten Nudeln der Welt zu kaufen. Bei der Challenge würden sie Alisha hundert pro schlagen. Dann war sie mal wieder dran mit Leiden.

19. Kapitel: Der erste Urlaub

Sommer 1986: Stefan hatte einen Zauberwürfel geschenkt bekommen. Er knarzte und roch nach Plastik. Stefan liebte ihn, obwohl er gar nicht wirklich verstand, wie er funktionierte. Er hatte noch nie so ein aufregendes Spielzeug in der Hand gehabt. Sein Freund Julian und dessen Schwester Maren hatten die gleichen Zauberwürfel. Ihre Eltern hatten für jeden von ihnen einen gekauft, damit sie während der Autofahrt beschäftigt waren und nicht nervten. Zu dritt saßen sie im Stauraum des Kombis hinter den Rücksitzen, zwischen Taschen und Koffern. Der Vater von Julian und Maren saß am Steuer, Stefans Vater auf dem Beifahrersitz. Sie fachsimpelten über Autos, Musik und Tennis. Die Mütter teilten sich die Rückbank mit dem Gepäck, das nicht mehr nach hinten zwischen die Kinder gepasst hatte. Sie aßen Brötchen und blätterten in Zeitschriften. Der Wagen war total vollgestopft.

Stefan war glücklich. Es war sein erster Urlaub, sein erster Zauberwürfel und seine erste richtige Autofahrt. Julian und Maren fuhren jedes Jahr mit ihren Eltern in den Urlaub: an die Nordsee, in den Bayerischen Wald oder sogar nach Italien.

Als die Kinder unruhig wurden und herumalberten, weil die Fahrt ihnen nun doch zu lang wurde, reichten die Mütter ihnen Bananen und Brötchen nach hinten, und an einer Autobahnraststätte rieben sie ihnen die Hände und Gesichter mit feuchten Tüchern ab. Stefan saß auf einer Steinbank, hielt seinen Zauberwürfel in der Hand und lauschte den rauschenden Bäumen, während Julian und Maren mit ihrem Vater im Wald verschwanden. Aus irgendeiner Tasche tauchte nun noch eine Tüte Gummibärchen auf. Stefan war überwältigt von so viel Glück an einem Tag.

Als sie am Ziel der Reise angekommen waren, inspizierten die Kinder sofort das Gelände, während die Eltern das Gepäck ins Haus trugen und die Betten bezogen. Hinter dem Haus lag ein Garten, der von einem Bach begrenzt wurde. Dahinter begannen die Felder. „Da können wir einen Staudamm bauen", rief Julian. Stefan war aufgeregt, weil das nach einem richtigen Abenteuer klang, auch wenn er gar nicht genau wusste, wie man überhaupt einen Staudamm baute. Maren und Julian begannen, Zweige und Steine zu sammeln, also stromerte auch Stefan über das Gelände und suchte nach Staudammmaterial. „Oder wir bauen eine Brücke", schlug Maren vor. „Dann können wir auf die andere Seite." Sie suchten nach Ästen, die dick genug waren und von einem Ufer ans andere reichten. Aber schließlich gaben sie auch dieses Projekt auf, zogen ihre Schuhe aus, ließen sie auf der Wiese liegen und wateten durch den

Bach. Stefan stolperte von einem Wunder zum nächsten. Er hatte noch nie barfuß in einem Bach gestanden. Maren war vorgelaufen und schon auf der anderen Seite. Julian ging im Wasser weiter und streifte dabei mit einem Stock durch die Gräser. Stefan folgte ihm. Er wollte auch so einen Stock finden. Doch Julian warf seinen plötzlich fort und kletterte ans Ufer. Maren rief aus der Ferne nach ihnen: „Kommt schnell her. Hier ist ein geheimes Schloss!" Stefan sprang hastig ans Ufer, um Maren und Julian zu folgen, doch er rutschte auf dem nassen Gras aus und landete auf seinen Knien im Wasser. „Was machst du denn, du Blödi?", rief Julian. Er streckte ihm eine Hand hin und zog ihn aus dem kühlen Bach. Julian war nur ein halbes Jahr älter, aber manchmal schienen Welten zwischen ihnen zu liegen. Julian war in allem so viel besser als er. Stefan schämte sich. Seine Hose war nass. Die Kinder im Hort würden ihn jetzt auslachen. „Stefan hat sich nassgemacht, Stefan hat sich nassge-macht!" Der vertraute Singsang hallte in seinem Kopf nach. Doch Julian kümmerte sich gar nicht darum. Ihm war es egal, ob sein Freund eine nasse Hose hatte oder nicht. „Los komm", sagte er. „Wir müssen zu diesem Schloss." Obwohl seine Jeans an ihm klebte und das nasse Gefühl ihm noch einmal die Stimmen der Hort-kinder in den Kopf rief, rannte Stefan einfach weiter, folgte Julian und den Rufen von Maren. Schon waren der Wasserunfall und die Scham vergessen. Das hier war Urlaub, da war alles anders.

Die Villa, die Maren entdeckt hatte, war bis unters Dach mit Efeu zugewachsen. Im Hof lagen zerbrochene Blumentöpfe, zerbeulte Milchkannen, ein großer verrosteter Wassertank und mehrere Autoreifen. Dazwischen wuchsen Disteln und Brennnesseln. Ein Haufen Ziegelsteine versperrte den Zugang zu einer Treppe, die in den Keller führte. Eine andere Treppe führte in den ersten Stock auf eine Art Veranda. Oben auf dem Dach hatte die Villa einen Turm mit einem spitzen Dach. Stefan musste an einen Film denken, den er einmal bei seiner Oma gesehen hatte. Darin kam ein richtiger Zauberer vor, und der lebte in genau so einem Turm.

Sie mussten sich ihr verwunschenes Schloss genauer ansehen. Auf der unteren Ebene gab es keine Fenster, nur sehr alt aussehende Steinmauern und an der Seite ein großes Tor. So groß, dass ein Bus hindurchpassen würde. Aber es war geschlossen. „Ey!", rief Julian. „Seht ihr das? Da oben am Fenster ist eine Fledermaus." Es sah wirklich so aus, als würde hinter dem halb zugewachsenen Fensterladen eine Fledermaus hängen. „Das kann nicht sein", sagte Maren. Es war so wunderbar unheimlich. Stefans Herz klopfte ihm bis zum Hals, aber er hatte keine Angst, denn seine Freunde waren ja bei ihm. Was war wohl in diesem Zimmer da oben? Langsam stiegen sie hinauf auf die Veranda, auf die man über die Steinstufen gelangte. Als Zimmerschmuck hing an einem[*]

---

[*]   Gustave Flaubert: Madame Bovary, Frankfurt am Main: Insel 1997.

188

Deckenbalken tatsächlich eine Fledermaus neben der anderen. Das konnte man sehen, wenn man das Gesicht gegen die Scheibe presste. „Hier muss ein Vampir wohnen", rief Julian. „Sind die echt?" Stefan fürchtete sich nun doch ein wenig. „Ich glaube nicht", meinte Julian. „Die hier jedenfalls nicht." Er zeigte auf die Fledermaus direkt hinter dem Fenster, die sie von unten gesehen hatten. „Das ist ein Plüschtier, oder?" – „Hier wohnt doch jemand", bemerkte Maren. „Seht doch mal. Da stehen Cornflakes auf dem Tisch und eine Tüte Milch." – „Aber, wer soll hier denn wohnen?"

„Vielleicht ein Vampir", sagte eine fremde Stimme hinter ihnen, und alle drei erschreckten sich fast zu Tode. Sie drehten sich um und blickten in das Gesicht eines Mädchens, das etwas größer war als sie. „Was macht ihr denn hier?" – „Wohnst du hier?", fragte Maren zurück. „Quatsch. Ich komme nur manchmal her, wenn ich es zu Hause nicht mehr aushalte. Meine Eltern haben eine Pension hier in der Nähe. Da ist ständig was los. Kommt doch rein, ich zeige euch mein Geheimversteck." Sie führte die drei zu einer kleinen Tür, die nicht verschlossen war. Dahinter lag eine große, düstere Halle. Es roch nach feuchten Tapeten und Laub. Das fremde Mädchen führte die drei in das Zimmer, in das sie gerade von außen geschaut hatten. Schon saßen sie alle auf Kisten um den provisorisch zusammengezimmerten Tisch. Die Milch in der Tüte war sauer, aber sie griffen abwechselnd in die Packung mit den Cornflakes und aßen sie wie Chips.

Stefan hörte die anderen erzählen. Das Mädchen zeigte ihnen die Fledermäuse, die von überall her kamen. Manche sogar aus fremden Ländern. Ihr Vater hatte sie ihr von irgendwelchen Reisen mitgebracht. Diese Information schien Stefan auf einmal sehr wichtig. Er hatte Schwierigkeiten, sich auf etwas anderes zu konzentrieren. In der Hand hielt er die zerdrückten Cornflakes. Die Stimmen summten um ihn herum. Die nasse Hose war so schwer an ihm, dass sie ihn hinunterzog, und die Müdigkeit war so groß, dass er die Augen nicht mehr offenhalten konnte. Sein Kopf sackte immer wieder nach vorn. Und schließlich war die Macht zu groß, um dagegen anzukämpfen.

Als Stefan aufwachte, wusste er zuerst nicht, wo er war. Er lag in einem fremden Bett, neben ihm sein neuer Zauberwürfel, der nach Plastik und Sommerurlaub roch. Er setzte sich auf. Sein Vater sortierte Hosen und T-Shirts in einen Schrank. „Wo sind die anderen?", fragte Stefan, der noch nicht ganz begriffen hatte, was los war. „Schon längst unterwegs, kleine Schlafmütze." Sein Vater kam zu ihm, setzte sich auf die Bettkante und legte ihm eine Hand auf die Stirn. „Du wirst heute im Bett bleiben müssen, du hast Fieber." Stefan wollte widersprechen. Das war doch sein erster Urlaub, und der hatte so aufregend begonnen. Er wollte wieder zum Bach, endlich wissen, wie man einen Staudamm aus Zweigen baut. Er wollte zurück zum Fledermausmädchen und zu dem geheimen Schloss. Doch da war auch diese Müdigkeit. Sein Kopf fühlte sich heiß an, und zugleich fror er. Als er die Bettdecke zur Seite schlug, fing er sofort an, am ganzen Körper zu zittern. „Tut mir leid, Stefan", sagte sein Vater. „Ich lese dir gleich was vor." Stefan ließ sich ins Kissen fallen. Sein Vater deckte ihn wieder zu. Über dem Stuhl hing die nasse Hose. In seiner Hand hielt er den Zauberwürfel. „Das war ein sehr kurzer erster Urlaub", dachte Stefan. Dann fielen ihm wieder die Augen zu.

20. Kapitel: Broken Lighthouse

Pavel liebte es, auf der Bühne zu stehen. Er und seine kleine Band traten bei Straßenfesten und manchmal in Biergärten oder auf kleinen Parkbühnen auf. Mehr wollte er gar nicht. Sascha und Katarina träumten von den ganz großen Bühnen, Erfolg, Ruhm, Reichtum und all dem. Ihm war es wichtig, unerkannt durch die Straßen zu gehen und sich im Kino auch mal danebenbenehmen zu können, ohne dass es am nächsten Tag in den Boulevardmagazinen stand. Ein paar Euro mehr wären natürlich nicht verkehrt. Der Bassverstärker führte manchmal ein Eigenleben, und wenn sie unterwegs waren, übernachteten sie meist bei Bekannten, ließen sich mit Hausmannskost versorgen und schliefen auf unbequemen Klappliegen. Aber es gab Schlimmeres. Krieg zum Beispiel. Oder Krebs. Sein Vater war vor ein paar Jahren an einem aggressiven Tumor gestorben, der ihm innerhalb kürzester Zeit zuerst alle Kraft, dann den Lebensmut und schließlich den letzten Rest von Leben geraubt hatte, der ihm noch geblieben war. Pavel hatte sich danach noch tiefer in die Musik gestürzt. Zum Glück hatte er seinen Job als Lieferfahrer nicht verloren, obwohl er seinen Chef ganz schön hatte hängenlassen. Pavel hatte nicht damit gerechnet, dass er Verständnis aufbringen würde, aber auch er hatte im letzten Jahr seinen Vater an Krebs verloren. Das hatte sie verbunden, und es hatte Pavel den Arsch gerettet, sonst wäre er vielleicht auch noch aus der Wohnung geflogen. Sein damaliger Mitbewohner war von einem Tag auf den anderen verschwunden, nicht mehr erreichbar, und bezahlte natürlich auch keine Miete mehr. Das war ein furchtbares Jahr gewesen. Wenn Pavel daran zurückdachte, wurde ihm bewusst, dass die Weichen zu seinen Gunsten neu gestellt worden waren und dass alles auch ganz anders hätte ausgehen können.

Sein Chef hatte ihm nicht nur seine Unzuverlässigkeit verziehen, sondern ihm auch einen neuen Mitbewohner vermittelt. Und der war schon kurz darauf mehr als nur das gewesen: sein neuer Bandkollege und ein echter Freund. Sascha und seine Freundin Katarina, die eigentlich noch bei ihren Eltern lebte, aber die meiste Zeit bei ihnen in der WG herumhing, hatten manchmal seltsame Vorstellungen vom Leben. Sie bauten jeden Tag ein neues Luftschloss. Wahrscheinlich passten sie deswegen so gut zu ihm. Sascha und Katarina verhinderten, dass Pavel in die schwarzen Löcher abrutschte, die sich überall auf-taten. Und er hinderte sie daran, abzuheben und eine Dummheit nach der anderen zu begehen. Diese ganz besondere Verbindung, die in einer der dunkelsten Zeiten seines Lebens entstanden war, brachte auch eine ganz besondere Energie hervor, wenn sie zusammen musi-zierten. Sie konnten sich aufeinander verlassen, es war ein Geben und Nehmen, besser: ein Aufnehmen und Weitergeben.

Für den Auftritt heute Abend hatten sie wochenlang geprobt. Es war nur eine kleine Freiluftbühne. Wahr-scheinlich würden kaum mehr als 250 Leute kommen. Aber gerade das machte es für ihn interessant. Man konnte die Präsenz der Zuschauer spüren, man konnte ihnen ins Gesicht sehen. Man spürte, ob es ihnen gefiel oder nicht.

„Nächstes Jahr spielen wir im Stadion, glaub mir", meinte Sascha. Pavel klopfte ihm auf die Schulter. „Na klar. Aber jetzt spielen wir erst einmal für die Leute da draußen."

„Soooooooundcheeeeeeck", tönte es aus den Lautspre-chern. Katarina hatte die Show eröffnet. Dum, dum, dum … Pavel liebte das Gefühl, wenn der Bass durch den ganzen Körper dröhnte, wenn alles nur noch Rhythmus war, Melodie, Stimme. Jetzt waren sie alle in einer ande-ren Welt. Der dritte Song, Broken Lighthouse, war einer seiner Favoriten. Sascha hatte ihn geschrieben, kurz nachdem sie sich kennengelernt hatten. Er hatte es nie direkt gesagt, aber Pavel wusste, dass er seinem Vater gewidmet war. Dem „viel zu kurzen Leben", das einem „so plötzlich entrissen" werden konnte. So unverständlich, so unfair und hart. Ein leichter Wind wehte an diesem Sommerabend und das Bild von Sascha mit seiner E-Gitarre und dem zerzausten Haar hatte sich in sein Gedächtnis gebrannt. Es war das letzte Bild, das letzte, das er ertragen konnte zu bewahren. Es ging so schnell, dass er im Nachhinein nicht mehr wusste, was von alldem er tatsächlich gesehen hatte und was er die anderen nur hatte sagen hören. Ein heller, kurzer Knall war zu hören. Die Gitarre verstummte. Einige Sekunden lang schien es ganz still zu sein, obwohl das, wenn er im Nachhinein darüber nachdachte, nicht sein konnte. Sascha schwankte, griff sich in die Seite. Das Sicherheitspersonal war schon bei ihm, als Pavel langsam realisierte, was passiert war. Er erinnerte sich nicht an das Blut, von dem alle später sprachen, das von der Bühne geströmt sei. In seiner Erinnerung war da kein Blut, nur ein fragendes, erschrockenes Gesicht, ein lebloser Körper, für den jede Hilfe zu spät kam. Alle Träume ausgelöscht mit einem einzigen feigen Schuss.

An die Zeit danach erinnerte Pavel sich kaum. Alles war überschattet von einem einzigen Gedanken. Diesmal würde es nicht mehr gut werden.[*]

---

[*] Morton Rhue: The Wave. Erläuterungen von Heinz-Günter Böhne, Münster: Aschendorff 1997.

194

21. Kapitel: Coaching ist ihr Leben

Gabriel und Sabine wussten genau, was sie wollten: Geld. Und sie wussten auch, wo es zu holen war. Wenn die Leute glauben, dass du ihnen etwas verkaufst, das ihr Leben verändern wird, greifen sie tief in die Taschen. Man musste es nur richtig anstellen. Gabriel kam aus der Versicherungsbranche. Aber seien wir mal ehrlich: Mit Versicherungen lässt sich heutzutage nicht mehr wirklich Cash machen. Urlaub auf den Malediven, Lamborghini, nie mehr einsame Nächte – da reichen die drei-, viertausend im Monat, die er als Vertreter verdienen konnte, wohl kaum aus. Natürlich hatte er auch andere Optionen in Erwägung gezogen: Zuhälter, Dealer, Casinobetreiber. Aber letztlich machte man sich doch überall nur die Finger schmutzig, stand schon mit einem Bein im Knast, ganz zu schweigen von gewissen Risiken. Als Coach verkaufst du Lifestyle, Motivation, Hoffnung – unsichtbare Konstrukte. Wer zweieinhalbtausend Euro für ein Wochenende im Schwarzwald ausgab, nicht um die Natur zu genießen, sondern um in steril gehaltenen Seminarräumen sein Selbstbewusstsein zu stärken, beschwerte sich in der Regel hinterher nicht, wenn das bestellte Produkt nicht bei ihm ankam. Das würde ja bedeuten, sich selbst infrage zu stellen und dem „inneren Saboteur" wieder eine Stimme zu geben, gegen den man doch im Seminar so erfolgreich anzugehen gelernt hatte. Nein, im Gegenteil. Jeder weiß doch heutzutage, dass Perfektion nur durch harte Arbeit erreicht werden kann. Und für das zweite Seminar gab es immerhin 25 % Rabatt! Wer sich danach noch immer nicht richtig wohl mit seinem Leben fühlte, konnte sein Buch kaufen: *Fünf totsichere Strategien für mehr Erfolg im Beruf.* Gabriel liebte seine Arbeit.

Sabine fehlte jegliche Motivation. Ohne Gabriel hätte sie vermutlich nichts von dem auf die Beine stellen können, was sie in den letzten zwei Jahren so durchgezogen hatten. Seminare, Vorträge, Workshops und diverse E-Books, die sie bei billigen Textern in Auftrag gegeben hatten. Sogar am Strand von Mallorca und in ihrem Porsche-Cabrio wirkte sie irgendwie verbissen. Das Geld machte sie nicht wirklich glücklich. Aber ihre kühle Fassade, das vollständige Fehlen von Humor und ihre etwas behäbige Art zu sprechen waren Teil ihres Erfolgs. Gabriel war fürs Funkensprühen zuständig, Sabine sorgte für das seriöse Image ihres Labels. Er hielt die Vorträge, sie gab die Interviews.

Gabriel Freitag: Tagesseminar zum Thema „Selbstbewusst und sorgenfrei"

Ich werde Ihnen sagen, was innere Gelassenheit ist. Ich war neulich auf dem Weg zu einem wichtigen Termin. Business as usual. Und ich war, das muss ich zugeben, schon a little late. Die Sabine macht so unglaublich leckere Pancakes. Ah, wirklich. Tasty stuff. (Kussmund in Richtung Sabine) Und im Zug fällt mir ein, ich musste mich doch heute bis Punkt zwölf für diesen Vortrag von Dr. Valentin Lurcher anmelden, weil sonst das einmalige

Angebot von 70 % Rabatt verfällt. Ich schaue auf die Uhr und denke: Hey, fünf vor zwölf, as luck would have it. Ich tippe das Codewort ein, denke: Easy, alles in trockenen Tüchern. Und dann: Message Pending suddenly flashed up on top of screen.[*] Das kann doch nicht wahr sein! Das Internet hängt, und nur noch drei Minuten, bis die Deadline abläuft … I nearly had a nervous breakdown, verstehen Sie? Aber dann habe ich mir gedacht: Don't panic! Greetings to Douglas Adams. (Lacher) Und in genau dem Moment, in dem ich entschieden habe, loszulassen, erscheint auf dem Display: Message Sent. Anyway, es geht darum, sich nicht aus der Ruhe bringen zu lassen. Was ich Ihnen mitgeben möchte: Lassen Sie sich nicht in Versuchung führen. Ah, that sounds a little too religious. Was ich meine: Lassen Sie sich Ihre Lebenszeit nicht rauben. Nicht von Ihren Chefinnen und Chefs, nicht von Ihren Ehemännern und Ehefrauen (charmantes Lächeln in Richtung Sabine) und by the way auch nicht von Ihrem eigenen inneren Saboteur, Sie wissen schon. Ich sage immer: Wer jede Minute nutzt, um zu lernen, der kann am Ende nur gewinnen. (Applaus) Carpe diem!

Sabine Freitag: Im Gespräch mit Daniel Müller vom Vormittagsmagazin *Mensch für Mensch*

Daniel Müller: Frau Freitag, worum geht es in Ihrem neuen E-Book Der Langstreckenläufer, das kürzlich erschienen ist?

---

[*]   Helen Fielding: Bridget Jones's Diary, London u. a.: Picador 1997.

Sabine Freitag: Es geht um die Kraft des Durchhaltens. Der Protagonist, ein Manager mit Burn-out erfährt die heilende Kraft der Gelassenheit. In unseren Seminaren bringen wir den Menschen ja auch näher, wie man sein Unterbewusstsein neu konditionieren kann und welche Techniken sie einsetzen können, um mit dem Stress im Alltag besser klarzukommen.

Daniel Müller: Das klingt ja sehr interessant. Und können Sie unseren Zuschauern, ohne zu viel zu verraten, schon einmal einen kleinen Vorgeschmack darauf geben, was sie erwartet, wenn sie dieses Buch lesen?

Sabine Freitag: Ja, wie schon gesagt hat unser Protagonist mit einem Burn-out zu kämpfen und gerät dann, ja, in eine Situation, die alles andere als schön ist. Er beginnt, an sich selbst zu zweifeln.

Daniel Müller: Aha, das ist ja sicherlich ein Problem, mit dem sich so mancher auch gut identifizieren kann. Haben Sie selbst auch schon entsprechende Erfahrungen gemacht? Also, ist das Buch aus Erfahrungswerten entstanden?

Sabine Freitag: Mein Mann und ich wenden schon seit Jahren bestimmte Techniken an, sodass die Gefahr des Ausgebrannt-Seins gar nicht erst besteht. Jeder kann das lernen, wie man im richtigen Moment die Reißleine zieht und ein gesundes Leben im Einklang mit sich selbst führt.

Daniel Müller: Meine Damen und Herren, in Deutschland sind schätzungsweise fast zweihunderttausend Menschen pro Jahr von einem Burn-out betroffen. Vielleicht ist dieses Buch ja auch was für unsere Zuschauerinnen und Zuschauer. Vielen Dank für Ihren Besuch, Frau Freitag.

Sabine Freitag: Ganz meinerseits.

Sabine saß in ihrem Hotelzimmer vor dem Fernseher und trank aus einem Cocktailglas irgendeinen seltsamen Mix, in dem sogar ein Schirmchen steckte. Gabriel sortierte seine Karteikärtchen für das morgige Seminar. Es waren zwanzig Leute angemeldet. Das machte 14.000 Euro für einen Samstag. So viel hatte er früher in einem halben Jahr nicht verdient.

22. Kapitel: Das Seminar

8:40 Uhr

Der Seminarraum füllte sich langsam. Gabriel trug ein blendend weißes Hemd ohne Krawatte. Das wirkte kompetent und trotzdem locker. Hatte jedenfalls diese Tante von der Typberatung gesagt. Sie hatte ihm auch geraten, keine glänzenden Schuhe zu tragen. Den Grund dafür hatte er allerdings vergessen. (Daran, ihn zu ermahnen, seine Haare nicht mit einer Tonne Margarine einzufetten und sie in einer Welle nach hinten zu legen, hatte sie leider nicht gedacht.) Gabriel sortierte seine Karten, lächelte gewinnend, distanziert. Wie ein Gewinner. Nein, nicht wie ein Gewinner. Er war ja ein Gewinner. Gut die Hälfte der zwanzig Seminarteilnehmer war schon da. Einige saßen stumm auf ihren Plätzen und starrten auf ihre Handys. Andere standen beieinander, plauderten. Eine Frau fiel ihm sofort ins Auge. Sie trug ein hellblaues Kleid mit großen Kreisen in verschiedenen Blautönen. Ihre Frisur sah aus wie aus den 80ern. Sie passte voll in sein Beuteschema. Er sah es ihr an der Nasenspitze an, dass sie beim nächsten Seminar wieder hier sitzen und noch einmal eine beachtliche Summe Geld in seine Kasse spülen würde. Seine und Sabines Kasse natürlich.

Sabine saß mit überschlagenen Beinen an einem Tisch und schien etwas Wichtiges zu notieren. Gelegentlich sah sie auf und lächelte gequält in Richtung des notwendigen Übels. Wenn es nach ihr ginge, würden sie sich auf das Vermarkten von Medienprodukten wie E-Books be- schränken. Aber Gabriel hatte wohl recht damit, dass sie diese Leute hier als Multiplikatoren brauchten. Sie seufzte.

8:55 Uhr

18 von 20 Personen waren bereits anwesend. Es gab keine Absagen. Natürlich nicht. Niemand bezahlte einen Haufen Geld für ein Tagesseminar und meldete sich dann ab, weil die Oma im Sterben lag. Sabine kramte die Anwesenheitsliste aus einem Stapel Papier hervor.

9:00 Uhr

Gabriel ließ den Blick über die Teilnehmer schweifen. „Neunzehn, zwanzig. Wir sind vollzählig. Wunderbar. Dann lassen Sie uns beginnen!"

9:01 Uhr

Britta wusste genau, dass Uli nur ihretwegen mitgekommen war. Er hatte überhaupt nichts übrig für so einen esoterischen Coachingquatsch. Sie auch nicht. Aber sie war sicher, dass es in seinem Fall die letzte Rettung war. Bevor er das nächste Ding an die Wand fuhr (oder in den Graben). Sie musste schmunzeln über das Bild. Uli flüsterte ihr zu: „Bist du sicher, dass sich diese Investition lohnt? Der Typ hat eine halbe Buttercremetorte in den Haaren." Britta flüsterte zurück: „Man kann nie sicher sein. Aber manchmal muss man eben etwas wagen." Uli seufzte. Buttercreme las irgendein Begrüßungsblabla von seinen Karten ab. Ein einfaches „Hallo, lassen Sie uns anfangen" hätte es Ulis Meinung nach auch getan.

9:03 Uhr

„Wir wollen Sie heute mitnehmen auf eine Reise in die Welt des Selbstbewusstseins. An diesem Wochenende werden Sie die Kraft der Intuition …"

Edith war jetzt schon total begeistert. Verlegen zupfte sie an ihrem Kleid herum. Das war also dieser Gabriel, von dem sie in den letzten Wochen schon alle Bücher gelesen hatte. Umwerfend! Er strahlte so etwas aus, so ein … Das war wahrscheinlich die Kraft der Intuition. An diesem Wochenende würde sie endlich einmal lernen, sich abzugrenzen, selbstbewusst zu sein.

„Und ich freue mich, so viele fröhliche und wissbegierige Gesichter zu sehen. Beautiful!" Gabriel hatte ihr gerade so tief in die Augen geschaut. Das konnte alles kein Zufall sein. Dass sie heute hier war, war eine schicksalhafte Fügung.

9:07 Uhr

„Wir wollen nun einmal schauen, ob alle, die sich angemeldet haben, anwesend sind", rief Sabine. Sie wollte diese Prozedur schnell hinter sich bringen. „Ich lese Ihre Namen vor, und Sie antworten bitte mit einem deutlichen Ja. Tedros Berhane." – „Sie können mich Teddy nennen. Alle nennen mich Teddy." Alle sahen Teddy an. Sabine fand ihn direkt unsympathisch. Er hatte nicht Ja gesagt, wie sie es vorgegeben hatte. „Regina Brunner?" – „Ja."

Die Tür ging auf und eine junge Frau spazierte herein. „Sorry, habe es nicht eher geschafft. Audrey Michel." Sabine war irritiert. Das konnte eigentlich nicht sein. Erstens, dass diese Tussi so respektlos und laut hier hereinpolterte, viel zu spät, ohne eine richtige Entschuldigung. Zweitens waren bereits zwanzig Personen anwesend. Einer von denen musste sich unrechtmäßig Zugang verschafft haben.

„Schön, dass Sie es geschafft haben, Audrey!" Gabriel setzte sein professionelles Lächeln auf. „Dann machen wir mal weiter." – „Da ist jetzt aber ein Fehler in den Unterlagen. Das müssen wir direkt mal klären", verkündete Sabine. Dann besann sie sich und setzte ebenfalls ihr Fake-Lächeln auf. Vielleicht sollte sie sogar ein kleines Auflachen wagen. Nicht, dass die Stimmung hier noch kippte.

9:10 Uhr

Rainer warf Rainer einen verschmitzten Blick zu. Sie beide hatten schon eine ziemlich genaue Vorstellung davon, was das wohl für ein Fehler war. Voller Vorfreude warteten Sie auf den Moment, in dem ihr Name aufgerufen wurde. „Ja." – „Ja." – „Wie, haben wir hier etwa zwei Personen mit demselben Namen?" Das war doch jetzt eine Gelegenheit für das eingeübte Auflachen. Hoffentlich klang es nicht allzu hysterisch.

9:12 Uhr

„Jetzt ist schon fast eine Viertelstunde verstrichen, und die sind immer noch dabei, die Anwesenheit abzufragen. Schlimmer als in der Schule", dachte Maik. Obwohl, nein, so schlimm wie in der Schule konnte es eigentlich nirgends sein. War ihm auch sowieso egal. Im Grunde war er nur hier, um seine Kommunikationsfähigkeiten zu verbessern und vielleicht die eine oder andere Dame kennenzulernen. Außerdem hatte seine Therapeutin ihm dazu geraten, mehr unter Leute zu gehen. Unauffällig scannte er die Anwesenden. Diese Frau im blauen Kleid war definitiv zu steif. Alle über vierzig nahm er gar nicht erst wahr. Viele blieben da nicht übrig: eine leicht verpeilt wirkende Frau in seinem Alter, dem selbstgebastelten Armband nach zu urteilen vermutlich Mutter, und dann diese völlig benebelt dreinschauende Halbleiche. Hatte auch was Anziehendes, aber irgendwie erinnerte sie ihn zu sehr an Lina. Und mit seiner ersten Grundschulliebe war er durch. Jedenfalls hatte er seiner Therapeutin das versichert.

9:20 Uhr

„Gut, da nun also alle anwesend sind …" – „Einige sogar doppelt", warf Sabine ein. Sie war stolz auf diesen richtig guten Witz. Alle lachten brav, auch Gabriel. „Genau", sagte er und nestelte an seinen Karteikarten herum. „Damit wir uns alle ein bisschen besser kennenlernen, haben wir uns eine tolle Aktion für Sie überlegt. Wir teilen Sie jetzt in Gruppen ein, und Sie tauschen sich untereinander aus. Anschließend stellen Sie Ihre Gruppenmitglieder dem Plenum vor." Spätestens jetzt begann Bettina ihre Anmeldung in diesem Seminar zu bereuen. Sie hatte gedacht, sie würde hier etwas über Gelassenheit lernen und endlich einen Weg finden, ihre heimlichen Aggressionen gegenüber Richard sinnvoll zu kanalisieren. Seine bescheuerten Gedichte regten sie manchmal so sehr auf, dass ihr schon ganz unchristliche Gedanken gekommen waren. Aber wenn sie etwas besser geerdet wäre und es ihr vielleicht auch mal gelingen würde, den Mut zusammenzunehmen und ihm auf eine nette, aber resolute Art und Weise zu sagen, dass sie seine Lyrik wirklich haarsträubend fand: Das wäre ein Weg. Dann müsste sie ihn vielleicht auch nicht eines Tages im Affekt erwürgen.

Bettina war in einer Gruppe mit Anna Uraz, die von ihren beiden Kindern erzählte. Das Mädel hatte eine Keimphobie. Die andere Frau hieß Helma Odenwald. Sie

204

hatte das Kunstmuseum geleitet, in dem sie kürzlich die ‚blaue Leiche‘ gefunden hatten. Nach diesem Vorfall hatte sie nicht mehr an ihren Arbeitsplatz zurückkehren können. Sie war hier, um sich „neu zu finden". Ein Typ namens Stefan erzählte, dass er unter einem Fluch leide. Vermutlich hätte er dieses Fledermaushaus damals nicht betreten sollen. Das Mädchen darin hatte zuerst harmlos gewirkt. Sie hatte ihm und seinen Freunden Cornflakes angeboten. Doch danach war alles in seinem Leben bergab gegangen. „Zuerst die Hirnhautentzündung. Seitdem bin ich auf einem Ohr taub." Alle in der Kleingruppe versuchten, weder seine Hand mit den fehlenden Fingern noch die Verbrennungen in seinem Gesicht anzustarren. „Mein bester Freund Julian und seine Schwester Maren waren die einzigen, die mich nie aufgegeben haben. Wir hatten sogar unser eigenes Piratenschiff. Julians Vater hat es uns gebaut. Bei ihnen im Garten. Ich war Kapitän. In der vierten Klasse machten wir diese Klassenreise. Ich konnte nicht mitfahren wegen meiner epileptischen Anfälle. Ich hatte das Schiff, aber können Sie sich vorstellen, wie schwer es als Kind ist, zu ertragen, wenn die ganze Klasse auf Klassenfahrt fährt, dass sie alle mitnehmen und mich zurücklassen? Bei all unseren Seefahrten[*] war ich der Kapitän. Aber in dieser Woche durfte Julian alles bestimmen. Er war meinetwegen zu Hause geblieben, um mir Gesellschaft zu leisten. Das werde ich

---

[*] Doris Lessing: Anweisung für einen Abstieg zur Hölle, Frankfurt am Main: Fischer/Goverts 1981.

ihm nie vergessen. Na ja, jetzt habe ich wohl genug von mir erzählt. Übrigens, dass ich im Rollstuhl sitze, verdanke ich meinem Schutzengel", sagte er und grinste. „Nicht jeder überlebt einen Sturz in eine Baugrube. Ich bin nachtblind." – „Okay", dachte Bettina. „Andere Leute haben auch Probleme."

9:45 Uhr

„Und jetzt stellen Sie Ihre Gruppenmitglieder den anderen vor. Sie sitzen hier gerade so schön vorne. Wollen Sie direkt beginnen?", beendete Gabriel die Gruppenphase. Die fünf Angesprochenen erhoben sich und stellten sich neben Sabine auf, die irgendwas auf ihren Block kritzelte.

„Das hier zu meiner Linken ist Katarina", sagte Detlev Bertram. „Ihr Freund wurde bei einem Rockkonzert erschossen." Alle waren peinlich berührt. So stellt man doch niemanden vor. Detlev zögerte, ob er erzählen sollte, dass er es war, der dem armen jungen Kerl das letzte Geleit gegeben hatte. Das war ja eigentlich Olfis Part, also etwas über ihn zu erzählen. Die Bilder schossen ihm wieder durch den Kopf. Bandenkriminalität. Persönliche Rivalität. All das. Sascha war auf einem guten Weg gewesen. Hatte sich aus dem ganzen Mist befreien wollen. Hatte Freunde gefunden. Auch als Pfarrer gingen einem solche Dinge nahe, obwohl der Tod nun einmal zum Leben gehörte. Aber bei denen, deren Zeit gekommen ist, war das besser zu verkraften. Der alte Hanno Dübbler, der hatte ja praktisch nur noch die Tage gezählt, bis er seiner Annegret endlich folgen konnte, aber dieser Junge – Alle sahen ihn an. „Ja, also Katarina ist Musikerin. Sie liebt Tiere und … Sie ist eine sehr starke Person." Es entstand eine Pause, da niemand aus der Gruppe sich zuständig fühlte, fortzufahren. „Gut, nice, thanks a lot", klinkte Gabriel sich ein. „Anyway, Katarina, dann stellen Sie uns doch bitte die nächste Person vor." Katarinas Stimme war leise. Es machte ihr sichtlich zu schaffen, im Mittelpunkt zu stehen. „Das ist Helge. Er hat Geschichte studiert." – „Germanistik", flüsterte Helge. „Ja, und Germanistik." Helge lächelte freundlich und entschloss sich, das nicht zu korrigieren. Es interessierte sowieso niemanden. Wenn er Medizin oder Jura studiert hätte, dann vielleicht. Allerdings wäre er dann jetzt wohl nicht hier. „Helge möchte sich beruflich weiterentwickeln." – „Danke Katarina", übernahm Helge, bevor sie mehr über ihn erzählen konnte. Er hatte sich Notizen zu Olfi gemacht. Viel hatte der nicht über sich gesagt. Er war von der Straße. Der Pfarrer hatte ihn mitgebracht und hatte sich irgendwie in den Kopf gesetzt, ihn zu pushen. Dabei hatte dieser Olfi nicht mal einen Job. Der brauchte doch was ganz anderes als so eine teure Fortbildung. „Ganz schön arrogant", sagte eine leise Stimme in Helges Kopf. „Du weißt gerade einmal drei, vier Dinge über diesen Mann, und schon kannst du beurteilen, ob dieses Seminar was für ihn ist? Warum sprichst du nicht aus, was du denkst: Das Geld ist zu schade für einen Obdachlosen? Du bist genau wie all die anderen, die Obdachlosen nicht mal einen Euro gönnen, weil sie nicht kontrollieren können, wofür sie das Geld ausgeben." – „Ach, halt die Klappe", sagte Helge bestimmt zu sich selbst. „Ich stehe ganz bestimmt nicht auf der falschen Seite. Ich werde den Mann nicht vor allen blamieren und ihnen erzählen, dass er von der Straße ist." – „Na los, Junge. Haste das Sprechen verlernt?", fragte Olfi. – „Also, das ist Olaf. Er war Schwimmlehrer und äh, macht grad eine Neuorientierung." – „Ich hab bis letzten Monat Platte gemacht", sagte Olfi, ohne Helge zu beachten. „Detlev hat mich aus der Scheiße gezogen." Er legte dem Pfarrer eine Hand auf die Schulter.

Fahri warf Nimmo einen Blick zu. Er war der Letzte in dieser Gruppe und offenbar der Einzige, der nicht zu der merkwürdigen Sekte um diesen schleimigen Pfarrer gehörte. Der Obdachlose stellte ihn mit den Worten vor: „Er ist IT-Ingenieur, aber fragen Sie mich nicht, was er genau macht. Selbstständig, immer am Malochen."

Gabriel war ein wenig nervös. Er hatte ein ungutes Gefühl. Hatte der Pfarrer etwa seinen ganzen Seelsorgeclub hierhergeschleppt? Sein Blick suchte das altmodische blaue Kleid. Edith. Sie sah ihn bewundernd an. Dieser Blick von ihm bedeutete ihr so viel. Sie war ganz sicher, dass sich dieses Seminar für sie lohnen würde.

„So, nachdem wir uns nun einander vorgestellt haben, brauchen wir sicher alle eine kurze Pause. Um 10:30 Uhr machen wir weiter mit einer ganz tollen Aufgabe, die Ihnen einen richtigen Boost geben wird."

Antonio schnappte sich seine Zigaretten und stürmte aus dem Seminarraum. Er war sich relativ sicher, dass Maik ihn nicht erkannt hatte. Und wenn, dann hatte er es sich nicht anmerken lassen. Aber es war unwahrscheinlich, dass er es nicht irgendwann im Laufe des Seminars schnallen würde. Auch wenn es schon so viele Jahre her war und sie damals noch in der Grundschule waren, er schämte sich für sein Verhalten von damals. Wie peinlich das alles war. Diese blöden Sprüche von wegen Sonderschüler. Dass er ihm ausgerechnet bei einem solchen Seminar wiederbegegnen würde, damit hatte er nun wirklich nicht gerechnet. Aber er konnte jetzt auch schlecht kneifen. Das Ganze hatte ihn einen guten Teil seiner Ersparnisse gekostet, und es sollte ihm den richtigen Dreh geben für sein eigenes kleines Beratungsbüro. Er wollte einfach überzeugender werden und seine Preise selbstbewusster durchsetzen. Wie konnte er sagen: „Ich möchte Menschen helfen, auf eigenen Beinen zu stehen", wenn er Maik damals so hart zu Fall gebracht hatte? Nach diesem letzten Vorfall in der Film-AG war Maik lange „krank" gewesen. Schließlich hieß es, er habe die Schule gewechselt. Seine Mutter hatte damals gesagt, dass Maik in ein Internat für schwer Erziehbare gekommen war. Vielleicht sollte er die Pause doch einfach dazu nutzen, unauffällig zu verschwinden. Er konnte es nicht ertragen, diesen gescheiterten Typen zu sehen. Er fühlte sich schuldig.

10:30 Uhr

Sabine wartete, bis alle wieder auf ihren Plätzen saßen. „Mein Mann hat Ihnen ja vor der Pause schon angekündigt, dass wir jetzt eine ganz besondere Übung mit Ihnen machen wollen. Dazu werden Sie sich gleich in Pärchen zusammenfinden." Einige der Teilnehmer nahmen Blickkontakt miteinander auf. „Ja, das hätten Sie gern. Einen bequemen Partner, den Sie schon kennen. Aber ganz so leicht machen wir es Ihnen natürlich nicht. Der Gabriel geht nun mit den Kärtchen herum, und Sie ziehen bitte jeweils eine aus dem Stapel. Wenn jeder mit einer Karte ausgestattet ist, bewegen Sie sich bitte frei im Raum und suchen nach Ihrem Gegenstück. Nachdem Sie Ihren Partner gefunden haben, begeben Sie sich mit ihm an einen ungestörten Ort. Das kann hier im Raum sein, in der Kaffeeküche oder auf der Terrasse. Suchen Sie sich einen Platz, an dem Sie sich in Ruhe unterhalten können." – „Und worüber sollen wir uns unterhalten?", wollte Audrey wissen. „Das ist ein kleines Experiment. Sie haben 45 Minuten Zeit, in denen Sie sich einfach austauschen können. Es sind keine Themen vorgegeben." – „So machen die Lehrer es sich einfach", dachte Audrey, während sie ihr ‚Gegenstück' suchte. Sie hatte keine Ahnung, mit wem von diesen ganzen Freaks sie sich über irgend-

210

was unterhalten sollte. Dieser Typ, der Geschichte studiert hatte, hielt eine Karte hoch, auf der ein Bankgebäude abgebildet war. Auf ihrer Karte war auch eine Bank, allerdings eine Parkbank. „Das gehört doch sicher zusammen", mutmaßte Helge. Allgemeines Gewusel. „Jaaaa, wir haben es Ihnen nicht ganz einfach gemacht." Sabine lächelte und tippte mit der stumpfen Seite ihres Bleistiftes mehrmals auf ihren Block. „Also gut, lass uns vor die Tür gehen", meinte Audrey. „Dann kann ich eine rauchen." Helge hatte keine Ahnung, worüber er sich mit diesem Mädel unterhalten sollte. Sie war vielleicht 18 oder 19. „Und was hat dich dazu veranlasst, hier teilzunehmen?", fragte er. „Lange Geschichte. Ich hab so ne Art Wette verloren."

Fahris Karte, auf dem ein Globus abgebildet war, hatte zu der Karte mit dem Erdhaufen gepasst. Erde – Erde. Zu der Karte gehörte eine stille Frau, der anzusehen war, dass sie sich einen anderen Gesprächspartner gewünscht hätte. Regina musterte ihn. Er war ganz in Schwarz gekleidet. Seine Haare schienen von Natur aus schwarz zu sein. Nicht wie bei ihrer Tochter Anne, die ihre schönen hellen Haare schwarz färbte. Anne hätte sich zu diesem dunklen Typen sicher hingezogen gefühlt. Sie mochte alles, was düster und geheimnisvoll war. Es war völlig klar, dass der Grufti und sie sich nichts zu sagen hatten und dass eine dreiviertel Stunde erzwungenes Gespräch eine Qual für sie beide wäre.

Fahri hatte dieses Seminar von seiner Mutter und Nimmo zum Geburtstag bekommen. Seine Familie hatte bemerkt, dass sich etwas in ihm regte, dass er neue Wege gehen wollte, aber ständig ins Straucheln kam. Nimmo hatte über einen Arbeitskollegen von Gabriel und Sabine erfahren. Dass sie hier nun stundenlang irgendwelche peinlichen Gespräche mit den anderen Teilnehmern führen mussten, hätte er im Traum nicht gedacht. Apropos Traum. Er hatte schon eine ganze Weile keine Alpträume mehr gehabt. Vielleicht half es doch, all die Erlebnisse auf Englisch aufzuschreiben. Aber das würde er dieser nach Chanel stinkenden verbittert dreinblickenden Frau sicher nicht auf die Nase binden. „Business-Kontakte", sagte er. „Was?" – „Ach nichts. Ich muss eben zum Kiosk. Wir treffen uns um kurz nach 11 wieder hier?" Sie nickte und begann dann, eine Nachricht an ihren Mann zu tippen. Hier gehörte sie absolut nicht her. Hier fühlte sie sich noch mehr wie ein Fremdkörper als zu Hause, obwohl sie das bis vor Kurzem für fast unmöglich gehalten hätte. Heute Abend würde sie für ihre Familie etwas Gutes zu essen machen. Der Gedanke beruhigte sie ein wenig. Wahrscheinlich hätte sie statt dieses Seminars lieber einen Urlaub für sie alle in Italien buchen sollen. Sie hatten sich so weit voneinander entfernt.

Antonio war kurz vor einem Nervenzusammenbruch. Natürlich war das Unwahrscheinliche eingetreten. Sein Partner war Maik. Der hielt ihm seine Karte mit einer Schraubenmutter vor die Nase. „Weißt du, wer ich bin?", fragte Antonio. „Bin doch nicht blöd", sagte Maik. „Ich schäme mich wegen dem, was ich damals gemacht habe." – „Aha." Maik musste sich eingestehen, dass es ganz guttat, Antonio ein wenig auflaufen zu lassen. Aber im Grunde war es ihm doch egal, was irgendein Typ vor hundert Jahren über ihn gesagt hatte. Sein Problem waren Frauen. Und Antonio war definitiv keine Frau. Warum konnte er nicht eine Partnerarbeit mit Katarina machen? Er schielte zu ihr hinüber. Sie saß neben dem Typen im Rollstuhl. „Ach scheiß drauf, Antonio", sagte Maik. „Scheint so, als ob man sein Leben mit und ohne Schulabschluss verkacken kann." – „Da hast du recht. Aber ehrlich Mann, es tut mir leid. Ich hätte damals in diesen Gewaltpräventionskurs gehen sollen, nicht du." Maik war leicht irritiert. Vielleicht kommt da noch was. Der ultimative Tritt in den Arsch. Aber da kam nichts mehr. Der Kerl hatte sich einfach wirklich entschuldigt. Nach über zwanzig Jahren.

11:15 Uhr

„Haben Sie alle eine gute Zeit miteinander gehabt?" Allgemeines Gemurmel. „Wir haben Ihnen die Zeit gegeben, um sich gegenseitig zu beschnuppern." Bettina fand diesen Ausdruck äußerst unpassend. Richard mit seinem kruden Sprachgefühl hätte er sicher gefallen. Nun war sie aber doch gespannt, warum sie sich gerade 45 Minuten mit dieser Rockerbraut unterhalten hatte, die ganz offensichtlich in einen der anderen Teilnehmer verschossen war, Uli, der irgendwas gegen die Wand gefahren hatte.

„Wir haben Sie sich beschnuppern lassen, weil es Ihre nächste Aufgabe ist, aus dem, was Sie gerade von ihrem Gegenüber erfahren haben, eine Sache herauszugreifen und ihm oder ihr ein Kompliment zu machen. Dafür geben wir Ihnen vor der Mittagspause noch einmal 15 Minuten Zeit. Schreiben Sie Ihr Kompliment auf eines der Kärtchen, die Gabriel gerade an Sie verteilt."

„Interessantes Hinterteil. Was soll ich da groß mehr sagen?", murmelte Regina vor sich hin. Von diesem Irrsinn musste sie ihrer Familie heute Abend erzählen.

11:30 Uhr

„Sie werden nun jeweils zu zweit hier nach vorne kommen, sich gegenseitig die Komplimente vorlesen, und dann heften Sie Ihre Karten bitte hier an das Clipboard", sagte Sabine. „Very important", ergänzte Gabriel: „Schauen Sie sich dabei bitte in die Augen. Geben Sie Ihr Kompliment direkt an Ihr Gegenüber, sagen Sie es nicht nur so daher. Be real! Die andere Person nimmt das Kompliment unkommentiert an. Keine Wertung, okay? Lassen Sie die Worte einfach auf sich wirken."

Nimmo fand diese Übung bescheuert. Alles, was ihm zu diesem peinlichen Pfarrer einfiel, waren unflätige Bemerkungen. Zu Pfarrern im Allgemeinen. Der wusste doch gar nicht, wie es ist, auf der Straße zu leben, zuzusehen, wie ein Freund erschossen wird oder wie der eigene Cousin beim Spielen im Garten vom Blitz getroffen wird. Nur weil er den Hinterbliebenen ein paar Trostworte gespendet oder in die Kirchenkasse gegriffen hatte, um sich als Gutmensch aufzuspielen. „Sie sind ein Vollblutpfarrer" war das Einzige, was er diesem Menschen ins Gesicht sagen konnte. Er hätte ihm genauso gut vor die Füße spucken können. Detlev hatte im Zwiegespräch mit dem jungen Mann sofort bemerkt, dass da eine aufgestaute Aggression vorhanden war. Er hatte ihm keinen Anlass dazu gegeben. Vermutlich schlechte Erfahrungen mit Geistlichen oder der Kirche im Allgemeinen. Oder einfach nur Vorurteile. Er war ein Opfer seiner Umstände, seiner Zeit. „Ich habe Mitleid mit Ihnen", sagte er ohne Spott. „Haben Sie sie noch alle?", platzte es aus Nimmo heraus. Jeder konnte sehen, dass er Detlev am liebsten an die Gurgel gegangen wäre. „Keine Wertung bitte", kommentierte Sabine das Geschehen. „Das war aber auch kein Kompliment", sprang Audrey Nimmo bei. Gabriel spürte, dass die Stimmung zu kippen drohte. Das war die seltsamste Gruppe, die er je in einem Seminar erlebt hatte. Warum konnten nicht alle so sein wie das blaue Kleid? „Okay, das war powerful!", sagte er und lehnte sich zu Rainer und Uli hinüber: „Warum lassen Sie uns nicht Ihre Komplimente hören?" Nicht die Bohne davon, dass die Vorredner ihre Karten anpinnen sollten. Nimmo hatte seine ohnehin schon zerrissen und nahm nun wieder Platz. Detlev stand noch einige Sekunden unschlüssig herum, während Rainer aus Bremen sich vor Uli aufbaute und verkündete: „Du hast Schneid!" Uli errötete und warf Britta einen verstohlenen Blick zu, als wollte er diese Referenz direkt an sie weiterleiten. Dann wendete er sich Rainer zu und murmelte: „Du hast Humor." Sofort schämte er sich. Es war ihm unangenehm, im Mittelpunkt zu stehen und anderen Komplimente zu machen, als stünde es ihm zu, über jemanden zu urteilen. „Danke", antwortete Rainer. „Ah, ah, ah! Keine Reaktion!", unterbrach ihn Sabine. „Und warum nicht, wenn ich fragen darf?", fragte Bettina forsch. „Das gehört zu den Regeln."

„Also, ich möchte Ihnen sagen, Anna, dass Sie sehr schöne Augen haben und dass ich Sie für eine sehr gute Mutter halte, weil Sie sich echte Sorgen um Ihre Tochter machen", sagte Helma Odenwald, die ehemalige Museumsdirektorin. „Und ich bin sicher, dass Ihre Tochter diese Phase gut überstehen wird. Das ist ein schwieriges Alter, wissen Sie? Nach dem Vorfall, Sie wissen schon, mit dem Mord, da hatte ich einige Wochen lang einen Tick. Ich dachte erst, das ist was Bleibendes, so ein Augenzucken. Aber alles geht irgendwann wieder vorbei. Und Sie wirken ganz gelassen auf mich. Es war nett, mich gerade mit Ihnen zu unterhalten." – „Ja? Also, ich hoffe, Sie haben recht. Es tut mir wirklich leid, dass Sie das mitansehen mussten. Gut, dass Sie sich wieder erholt haben." – „Ich habe Ihnen ja gesagt, dass ich eine Zeit lang in der Klinik war, schon vorher, aber das war ja wegen …" – „Danke, Frau Odenwald, Frau Uraz. Bitte jeweils nur einen Satz." Sabine war leicht ungehalten. Diese Leute hatten die Aufgabe überhaupt nicht verstanden. „Die Zeit, wir wollen sie ja gerecht verteilen. Die nächsten bitte." Stefan sah zu Katarina auf. Er hatte noch nie eine so sensible und verständnisvolle Frau getroffen. Er fühlte sich von ihr verstanden, gesehen. Sie war etwas Besonderes, und das Gespräch, das sie in den letzten 45 Minuten geführt hatten, würde er nie vergessen. Allein dafür hatte sich die Investition in dieses Seminar gelohnt. Auch wenn er keinen Boost für sein Selbstbewusstsein bekam, keine rhetorischen Fähigkeiten erlernte, mit denen er sich noch irgendwelche Jobchancen ausrechnen konnte. Er hoffte, dass sie dasselbe empfand. Ihr verbittertes Gesicht wollte so gar nicht zu ihrer sanften, liebevollen Stimme passen. „Du hast mich zum Lachen gebracht", sagte Sie und lächelte ihn an. Die Bitterkeit war für einen Moment lang verschwunden. Dann war sie wieder ernst und das Gesicht wieder verschlossen. Als wenn die Sonne nur kurz zwischen den Wolken hervorscheint und dann sofort wieder von ihnen verdeckt wird. „Du bist eine gute Zuhörerin", sagte er. „Und könntest du meine Karte bitte mit anpinnen? Ich bin zu faul, aufzustehen." Wieder riss der Wolkenhimmel kurz auf.

Gabriels Puls beruhigte sich etwas. So hatte er sich das Ganze schon eher vorgestellt. Sabine atmete auf, als dieser Part endlich abgeschlossen war und man den Mob in die Mittagspause entlassen konnte. Vielleicht hatte sie die Aufgabe nicht optimal erklärt, aber einige der Leute hier waren auch wirklich selten dämlich.

12:00 Uhr Mittagspause

Wir wollen den Leuten nicht auf die Teller gucken. Wir sehen uns gleich wieder.

13:30 Uhr

„So, ich stelle fest, dass wir noch vollzählig sind. Der erste Teil des Seminars hat also niemanden verschreckt." Gabriel ließ eine Pause, um seine Worte wirken zu lassen. Einige lachten. „Gut, verlieren wir keine Zeit. Gehen wir nun zum Hauptteil über. Sie werden nun an Ihrem ganz persönlichen Slogan arbeiten. Dazu haben wir einen Fragebogen für Sie vorbereitet." Sabines hochhackige Stiefel klackerten über den Boden. Sie händigte jedem der Teilnehmer einen zehnseitigen Fragebogen aus. Fast jedem. Es war einer zu wenig, schließlich waren nur 20 Leute angemeldet und 21 erschienen. Aber niemand beschwerte sich.

„Nehmen Sie sich nun bitte Zeit, um die Fragen zu beantworten und die für sich wichtigen Punkte zu notieren", fuhr Gabriel fort. „Jeder und jede von Ihnen wird am Ende des Tages mit einem persönlichen Powerbooster-Spruch für die eigene Zukunft hier rausgehen." – „Ein Spruch?", Audrey verdrehte die Augen. „Powerbooster?" Bettina dachte, dass sie sich lieber bei einem Aggressionsbewältigungsseminar hätte anmelden sollen. Sie strich das „hätte sollen" sofort wieder. Sie musste das unbedingt tun, wenn sie nach diesem Erlebnis hier weder einen der Coaches noch Richard erwürgen wollte. Und das wollte sie wirklich nicht, denn sie liebte ihren Mann, aber garantieren konnte sie dafür im Augenblick nicht. Sie hatte 700 Euro dafür ausgegeben, dass sie sich von Fremden Komplimente machen ließ und sich mithilfe eines Fragebogens einen Powerbooster-Spruch bastelte. Selbst ihre siebenjährige Enkelin würde sie dafür auslachen. Richards Glitzerkatzenbuch war seriös im Vergleich zu diesem Stuss.

Edith füllte emsig ihren Fragebogen aus.

1. Was ist Ihr größter Wunsch?
Erfolgreich sein.

2. Was hält Sie im Moment davon ab, Ihren Wunsch zu erreihen?
Meine eigene Unsicherheit …

„Es müsste heißen ‚sich Ihren Wunsch zu erfüllen‘ oder ‚Ihr Ziel zu erreichen‘“, dachte Helge. Die Tatsache, dass Büchner mit 23 erfolgreicher war als er selbst je sein würde, wog nicht mehr so schwer vor dieser Kulisse. Diese beiden Koryphäen da vorn, die vermutlich mehr Asche an einem Tag machten als er im ganzen Jahr, konnten nicht mal einen Fragebogen korrekt konzipieren.

3. Wenn Sie keine Ängste hätten, was würden Sie dann tun?
Vermutlich aus dem Fenster springen. (Maik)
Durchschlafen. (Fahri)
Einfach mal meine Meinung sagen. (Edith)
Katarina küssen. (Stefan)
In meine Heimat fahren. (Teddy)
Wovor soll ich noch Angst haben …? (Olfi)

Eine Gruppe von Menschen ist wie ein Netz aus Gedanken, Erlebnissen, Gefühlen, Lebenslinien, die an einem Punkt in der Geschichte zusammentreffen. Interessen, die aufeinanderprallen. Sie sind fragile, sonderbare Gebilde. Und es reicht ein einziger Systemsprenger, um all den in ihnen verborgenen Zündstoff zu bündeln und zum Explodieren zu bringen.

„Was ich dann tun würde? Die Antwort auf Frage Nr. 3 ist einfach!" Einer der 20 Fragebogen wurde vom Tisch gefegt, ein Stift auf den Tisch geknallt, ein Stuhl umgeworfen, eine Jacke vom Ständer gezerrt. „Zeit ist mehr wert als Geld." Böser Blick, zuschlagende Tür.

„Bettina hat ihr Motto schon gefunden", flüsterte Stefan. Katarina kicherte leise. Gabriel wischte sich den Schweiß von der Stirn. Sabine beschloss, dass dies ihr letztes Seminar war. Es gab auch andere lukrative Geschäftszweige. Wenn Gabriel nicht mitzog, würde sie sich einen anderen Partner suchen.

Edith war begeistert von der Dynamik und all den Einsichten, die sie in diesem Seminar gewonnen hatte. Sie wollte unbedingt auch in dieses Geschäft einsteigen, selbst Seminare geben. Eine große Zukunft wartete auf sie. Audrey dachte darüber nach, ob es noch im Rahmen des Vertretbaren war, Zwantje oder Alisha die Yacht, die dieser Seminarleiterschnösel todsicher besaß, mit einem netten Schriftzug verzieren zu lassen. Britta bereute es, Uli hierher geschleppt zu haben. Das Geld hätte sie lieber in einen anständigen Gebrauchtwagen für ihn investieren sollen. Dieser Mann konnte nun einmal nicht ohne eigenwillige Geschäftsideen. Was war so verkehrt daran? Regina dachte an Erdbeerwaffeln. Die würde sie heute

Abend für die ganze Familie zu machen. Helma schrieb Anna ihre E-Mail-Adresse und Telefonnummer auf einen Zettel. „Sie können mich gern jederzeit anrufen, wenn Sie Fragen wegen Ihrer Tochter haben." In Wirklichkeit interessierte sie sich mehr für Annas Augen und ihre schönen Lippen. Aber das musste sie ihr ja nicht sofort sagen. Teddy füllte brav seinen Fragebogen aus und dachte an frühere Zeiten und an alles, was er hier in der Fremde erlebt hatte. Seine einzige Freundin war eine Psychopathin gewesen. Eine Mörderin. Das alles war viel zu traurig, um sich von der Öffentlichkeit wahrnehmen zu lassen. Er blieb der Fremde. Der, über den niemand etwas weiß, außer dass alle ihn so nennen: Teddy. Antonio und Maik verabredeten sich zum Abendessen. Kostenlose Business-Beratung zur Wiedergutmachung. „Warum nicht?", dachte Maik. Was hatte einer wie er schon zu verlieren? Nimmo textete unter dem Tisch an Fahri: „Diese Leute haben alle keine Ahnung vom Leben." Und: „Besonders dieser Pfarrerarsch nicht." – „Pfarrerarsch." Fahri unterdrückte ein Lachen. Irgendwie fühlte er sich leichter nach diesem skurrilen Seminar, das jetzt wohl mehr oder weniger zu Ende war, oder? Auch Olfi war zum Abendessen eingeladen. Detlev war ein guter Mensch. Da konnte man denken und sagen, was man wollte. Vielleicht nicht gut mit Worten, aber mit Taten. Seit er nicht mehr auf der Bank schlafen musste und sich jemand für ihn interessierte, fühlte er sich wieder wie ein Mensch. Dieses Seminar war sicher nicht nötig gewesen. Firlefanz von Leuten, die keine Probleme kannten. Aber es hatte auch nicht wehgetan. Er war zufrieden. „Jeden Tag neu." Das war sein Motto. Auch wenn er dazu keinen zehnseitigen Fragebogen gebraucht hatte. Das hatte das Leben ihn gelehrt. Helge war so planlos wie vorher. Morgen würde er wieder am Schreibtisch sitzen. Ghostwriting. Er hasste es. Aber es war nun einmal das, was er konnte. Rainer und Rainer suchten auf der Seite der Volkshochschule nach Seminaren. Sie würden sich bei allen anmelden, nur um jedes Mal zu Beginn Verwirrung zu stiften. Wer wegen einer Familienquerele so lange getrennt war, muss eine Spur von Unsinn in der Welt hinterlassen dürfen.

Und Irma? Dass niemand sie gesehen hat, bedeutet nicht, dass sie nicht da war.